詩集

独り大海原に向かって

劉暁波 著

劉燕子・田島安江 訳・編

独り大海原に向かって　＊　目次

天安門事件犠牲者への鎮魂歌《レクイエム》

天安門の四人

死の体験――「六・四」一周年追悼――

一

記念碑が声を殺して哭いている
流血が染み込んだ大理石のマーブル模様
心が、思いが、願いが、青春が
戦車の錆びたキャタピラーに轢き倒され
東方の太古の物語が
突如、鮮血となって滴り落ちてきた

あんなにうねり逆巻いていた人々の流れが消えていく

ゆっくりと干あがる河のように
両岸の風景が石の塊に変わったとき
一人ひとりの数えきれない喉が恐怖で窒息し
砲煙に震えあがり散り散りになった
殺し屋の鉄かぶとだけがきらきら光る

二

ぼくはもう旗が見分けられなくなった
旗はいたいけな子どもみたいだ
母親の死体にすがりついて、泣き叫ぶ
「ねえ、おうちに帰ろう　よー!」
ぼくはもう昼と夜の区別がなくなる

銃声に驚き呆然としたその時から
記憶を失つた植物人間になってしまった
ぼくは居民証[*1]もパスポートもなくした
よく知っていたはずの世界だったのに
銃剣に突き刺された夜明けに
ぼくを埋めようとしても
一すくいの土さえ見つからない

すべてをなくした心が
鋼鉄にぶつかった
水も緑もない大地は
太陽のほしいままにされた

三

彼らは待つ　待ちわびる
野獣《けもの》に変身するときを待つ
時間が緻密な嘘を編みあげてくれるのを待つ
じっと待ちつづける
指が鋭い爪になるのを
両目が銃口になるのを
両足がキャタピラーになるのを
空気が命令を発するのを
来た
ついに来た
五千年も待ちに待っていた命令が

四

撃て——殺せ
殺せ——撃て
平和的な請願だから、丸腰で
杖をつく白髪だから、服の胸元を引っぱる小さな手では
殺戮者を説得などできない
銃身はまっ赤になり
両手はまっ赤に染まり
両目はまっ赤に燃えあがった
一発の銃弾で
一筋の汚濁をぶちまける
一度の犯罪は

一人の英雄の壮挙とされる

何と簡単なことだろう
死はこんなふうに降臨したのだ
何とたやすいことだろう
獣欲はこうして満足できたのだ
若き兵士よ
軍服を身につけたばかりの
少女のキスに酔った経験さえ
まだないというのに
一瞬にして
血による快感に酔いしれてしまった
殺人によって青春が始まるなんて

彼らにはワンピースからあふれ出る血が見えない
悲鳴も叫びも聞こえない
鉄かぶとの硬さにも、いのちのやわらかさにも
まったく気づかない
彼らは知らないだろう
一人の愚かな老人が
古い歴史をもつ北京城を
もう一つのアウシュヴィッツにしたことを

とびっきりの残忍と罪悪は
金字塔になってキラキラ輝くけれど
いのちは壊れ、深く沈んで

かすかなこだまさえ聞こえない
虐殺は悪しき民族の伝統を炙り出し
悠久の歳月は、唾棄されるべき言葉として
最後の訣別を告げにくる

五

ぼくは陽の下で想うしかない
殉道者の列に加わろうと
唯一残されたぼくの骨で
敬虔な信仰を支えようと
そう、空が、この空が
犠牲者に金メッキをほどこしたりするはずがない

死体を貪り喰らう狼の群れが
温かな昼に喜び楽しむだけ

遙か遠くに
ぼくはいのちを追いはらおう
そこは太陽のないところ
イエスの誕生した紀元から逃れるべき
十字架上のまなざしを直視する勇気は、ぼくにはない
一本の煙草から灰がうず高く積みあげられるまで
烈士という酒で酔わされ
この春はもうとっくに消え去ったと、ぼくは思いこんでいたのだ

夜更けてとあるたばこ屋の前で

ぼくは数人の屈強の男に襲われた
手錠をかけられ、目隠しされ、口もふさがれ
どこに向かうかわからない護送車に投げ込まれた
ただハッと気がついた　ぼくはまだ生きていると
その時からぼくの名前は、中央テレビのニュースで「黒幕」になった
名も知れぬ白骨が忘却の彼方に林立しているというのに
英雄の勲章になるとは
嘘によってぼくは高々と持ち上げられた
人に逢うたび死の体験を語ることになろうとは

ぼくは知っている
死は神秘的で未知だと
生きている限り、死のことはわからない

死んでしまえばなおさら死はつかめない
けれど
ぼくは相変わらず死の中を飛びつづける
奈落の底を
無数の鉄格子の夜と
星明かりの下の墓とを飛びかいながら
ぼくは悪夢に売り渡された

嘘をつく以外
ぼくにはもう何もできない

一九九〇年六月　秦城監獄にて

＊1：一九八五年九月、全人代常務委員会で居民証条例が制定され、十六歳以上の全国民は常時携帯を義務づけられた。

十七歳へ——二周年追悼——

君は親の制止をふりきって、家のトイレの小さな窓から飛びだした。旗を差しあげたまま倒れたときは、まだ十七歳だった。ところがぼくは生きのびて、もう三十六歳だ。亡き君の霊に顔を向けて生きるのは罪深く、さらに君に詩をささげるのは恥ずかしい。生者は口をつぐみ、墓の訴えに耳を傾けるべきだ。君に詩をささげる資格など、ぼくにはない。君の十七歳はすべての言葉と人が作ったものを超越している。

ぼくは生きていて
過不足ない悪評もあびせられる
ぼくには勇気も資格もないが
花を一束と詩を一篇ささげるために

十七歳のほほえみの前に行く
ぼくにはわかっている
十七歳は何の怨みも抱いてないと

十七歳という年齢がぼくに告げる
生命とは素朴で飾らないものでありたいと
果てしない砂漠のように
木も水も必要なく
花の飾りも必要なく
太陽のほしいままの虐待にも耐えられる

十七歳は路で倒れ
その路はそれきり消えてしまった

泥土に永眠する十七歳は
書物のように安らかだ
十七歳は生を受けた現世に
何の未練もなかったろう
純白で傷のない年齢の他には

十七歳は呼吸が停止したとき
奇跡的に絶望していなかった
銃弾は山脈《やまなみ》を貫通し
狂ったように海水を痙攣させた
すべての花が、ただ
一色に染まったときも
十七歳は絶望しなかった

絶望するはずがないじゃないか
君は未完成の愛を
白髪の母に託したままで

君を
家に鍵までかけて引きとめた母は
五星紅旗〔中国国旗〕の下
家族の貴い血脈を断ち切られた母は
君の臨終のまなざしで目覚めさせられた
それから母は君の遺志を抱き
すべての墓を訪ねあるく
倒れそうになるといつも
亡き君の息遣いに

支えられ
路をまた歩みつづける
年齢を超越し
死をも超越した
十七歳は
今や永遠だ

一九九一年六月一日深夜　北京にて

訳注：「十七歳」は丁子霖の息子の蒋捷連を指す。蒋捷連は一九七二年六月二日生まれで、当時は中国人民大学附属高校二年生であった。彼は十七歳の誕生日を祝った翌日の夜十一時すぎ、北京木樨地で戒厳部隊の銃弾に倒れた。丁子霖は元中国人民大学准教授で、天安門事件で子供や身内を殺傷された女性を中心に組織された人権擁護団体「天安門の母たち」を創設し、天安門事件の真相究明を粘り強く続け「天安門の母」と呼ばれている。丁子霖、蒋培坤／山田耕介、新井ひふみ訳『天安門の犠牲者を訪ねて』文藝春秋、一九九四年、第二章「わが子蒋捷連のこと」参照。

窒息した広場——三周年追悼——

この世界で最大の広場
群衆が叫びながらひしめきあっていたのは
ただの一瞬で
水銀のようにころころ逃げまどった
恐怖の他に
何もない
蒼白き殉道者は
鉄かぶとや朝日とともに舞う
神に審判される者は

窓を透かして
夜明けのグラスに並々とそそいだ
暗紫色の液体を凝視する

広場を通り抜けようとする勇気があれば
太陽系だって通過できるだろう
灰燼がひとたび燃え尽きたなら
温かい言葉に変わるのに
青く堅い果実が
死によって成熟する
だからささげよう
薔薇を必要としない女《ひと》に
彼女の声は輝きをもって地獄を照らす

暗い雨の日に開く赤い傘のように
突進する戦車を前にして
臆することなく立ち向かい
しなやかに腕を振りかざした

彼女が倒れたその瞬間
周囲は空白
誰かが無造作に投げ捨てた紙くずが
高く盛りあがった胸に落ちた
風に吹かれても
細長い手で飛ばされることもない
『聖書』を読んだことがなくても
神に見捨てられるはずはない

路傍の吹きだまりに集まったごみに
血糊がへばりつくこともない
青春の夢の中で
さっそうと舞いあがる長い髪

もう一つの春があるとすれば
いとしい彼と手をつなぎ
この広場を歩くのに
彼女は驚きもしないかもしれない
何気なく踏みつぶした虫けらに
その刻《とき》、唇から流れた血は
地下のウジ虫を驚かせ
触手を伸ばして

生き血に喰らいつく
ガランとした死の広場は
絶対権力によって
あらゆる生命を窒息させられた
死が生み出した一人の娘は
一行の純粋な詩《ポエム》のために
あらゆる文字を放棄する

一九九二年六月六日　北京

一本の煙草が孤独に燃える——四周年追悼——

コーヒー
アイスクリーム
スキッとしたオンザロック
数人の外国人から出された質問への
ぼくの答は
高級ホテルのトイレと
公衆便所の臭気とが渾然一体となること
指が軀《からだ》から遊離していく

一本の煙草が孤独に燃える
霊魂と九十度で交錯し
死角がつくられる
夢の世界が血に染まる
空白の背景が痙攣をはじめる
大火事の後の森林では
焼け残ってむき出しになった枝にひっかかり
焦げた羽毛が春を告げる

しゃべったり
笑ったりしながら打ち興じる
ジャズで顔がぼやけ
煙草が燃え尽きてしまう

吸い殻を持つ記憶はもう臨終寸前
新調の服の裂けめから
突然花緑青が芽生え
砕かれた遺骨も出てきて
食事代を支払うと
ウェイターは笑みを浮かべ
腐った果物の盛り合わせをサービスしてくれる

握手
抱擁
別れの挨拶は多言語だが
墓には国籍がない
一つの手が空っぽのグラスから

最後にあがく吸い殻へと移る
透明な灰皿には屍体が並べられ
灰もあれば唾もある
爛れた夜の放蕩
肌寒い春に
酔っ払いのぼくは尾行され
盗聴器もつきまとう
ぼくは立ち止まらず前に進む

歴史ある町がいつしかすべて一新されても
あの日だけはずっと旧いまま
致命的なウィルスのように
誰も近づかない

ぼくは亡霊を見る
ストレートパーマのギャルが
大通りと輝く星の間に立ちつくしているかのよう
車の流れに合わせられない者は
天と地の間のパノラマに
この時この刹那
存在するまさに生命そのものだ

一九九三年五月三十一日　北京のバーで

岩石の粉砕から始める——五周年追悼——

ここではすでに
沈下が始まったのだ
岩石を粉砕し
垂直に底知れぬ深さへ
ある人は精神のバランスを失い
大地を脅迫して一緒に
殺人ゲームを楽しもうとする

盲人の眼底を徘徊し

まっ黒の炎を取り囲む
まだ生まれてもない人が
ぼくより早く夭折する
母親の子宮が地獄に変わり
その地獄が羊水の中で培養され
殺人者の天国に変わる
アウシュヴィッツかエルサレムか
焼却炉で精錬された
嘆きの壁の煉瓦はなおさら堅固になっていく

驚くべき忘却が
廃墟の死からの復活を手助けする
生き残りたい者は腐りきったサプリメントを飲みこみ

一枚の反省文で偽り肉体を生き長らえさせる
腹が膨《ふく》れあがった蚊の屍体が
雪のように白い壁に貼り付いている
手のひらの皺が大通りのひび割れに変わり
夜明けの大量の血がどくどくと染み込んでいく

目を閉じる前に
この匕首をもう一度蒼白く光らせ
内臓を照り輝かせる
核兵器で煙草に点火し
地球上に肺癌を蔓延させるように
恋人に別れを告げる
柔らかな軀《からだ》の中で

切り裂かれた感覚が痙攣を起こす
生まれて初めて見つめたばかりに
彼女の視線によって破壊される運命だったなんて

脳内に残された片方の靴は
記憶への道に迷ったまま

一九九四年六月五日　北京の自宅にて

記憶——六周年追悼——

一

夜が
鋭い縁《へり》にぶら下がっている
何度も目が覚め、見ようとしたのに
何度も眠りこけ、深淵に向き合っているようだった
濃い霧がからだじゅうにまとわりついている
そよ風が時たまきらめき
一本の針が血管のなかをさまよって
支離滅裂な言葉同士をつなぎ合わせる

思考回路は崩れ落ち
別れた恋人たちのように
互いの裏切りを責めあうばかり

二

流刑に処された妄想には
簡明で明晰な虚無こそ必要
時間は逆流し　時間は飛び去る
血の海から顔を出した顔が目を見ひらき
埃の臭いが漂ってくる
記憶の空白は
モダンなスーパーマーケットのようだ

今日は恋人の誕生日だから
一時間一時間が貴重だ
さっとスマートに
百元札を出すか　クレジット・カード[*1]に
署名しなければならない

三

災禍を免れた生存者だと気づいたぼくは
衝撃と慚愧の念でいっぱいだ
ふと生き抜くことこそ宿命だと気づき
思わず身を震わしながら涙した
自由とはブランドのネクタイで

香りの染み込んだ洋服ダンスにぶらさがること
尊厳とはいつまでたっても使えない小切手
レストランとデパートの間を
銀行と株式市場の間を
次から次へと無数の手に手渡される
あれほど情熱に燃えていたはずの若い顔が
あのとき旗幟と合言葉のスローガンにしたのは
「自由の女神」[*2]が手にするたいまつだったのに
暗い雨が過ぎ去ったあとは
誰も読みあげない弔辞になった

四

死者が旅に出るとき
ぼくは見送れない
外交マンション*3の大きな浴槽に
驚き恐れる卑劣な肉体を横たえる
軍用トラックが立体交差点で燃え
銃口はベランダのビデオカメラに向けられた
青い眼が黒い眼と見つめあう
家のドアを開ける鍵が見つからない

誰だ。偶然に撮ったのは。
戦車の前に立ち

高くあげた手を振る若者が
全世界を感動させた
だが、戦車の砲口の他に
彼の顔をはっきりと見た者はいない
彼の名を知る人もいない
その後も、その後も、
彼の消息は杳として知れない
彼のために涙を流した世間も
彼を捜す気力をなくしてしまった

旅に出るときの彼らはまだ若かった
地面に倒れる瞬間
一縷の生きる望みのために懸命にもがいていて

火葬場に投げ込まれたときも
そのからだはまだ柔らかかった
名もない死体が灰燼と化した
一つの時代、あるいは長く果てしない歴史も
せいぜい一すじの煙にすぎない

五

生活は単調な連続で
一日と一年の区別などない
恋愛をすることと陰謀をめぐらすことにも区別はない
喫煙、雑談、バーに入りびたり
性交、マージャン、サウナ

汚職、猟官、人身売買
化けの皮をはがれた軀でも
使命に恥じず〝凛〟と気どっていられる
時間はまさに精神病院に入院を強いられた
金銭はなぜあれほど簡単に
銃剣と嘘を容認したのだろうか
「小康」*4の暮らしは快適で
豊かではないが、まずまずの暮らし向きは達成され
虐殺を正当化する理由としたのは
儒教と道教が補いあう形而上学のような
みなに受けいれられる理想であったから

六

わが民族の魂は
墓を宮殿として記憶することに慣らされている
奴隷の主が現れるまえに
我々はもう覚えている
どのようにひざまづくのが最も優美なのかを

一九九四年六月五日　北京の自宅にて

＊1：中国で最高金額の紙幣
＊2：中央美術学院の学生が制作した塑像で「民主の女神」と呼ばれた。民主運動末期における精神的な象徴とされた。
＊3：広場に最後まで残っていた劉暁波は撤退後に外交官用のマンションに保護された。
＊4：衣食住が足りてややゆとりのある社会。鄧小平政権は「温飽（何とか食べていける水準）」から「小康」に引きあげることを国家目標にし、二〇〇二年の第十六回党大会報告で江沢民総書記は「今世紀初頭の二十年間、力を集中し、十数億人に恩恵が及ぶさらに高いレベルの小康社会を全面的に建設する」と宣言し、現在では二〇二〇年に全面的実現と掲げられている。

ぼくはぼくの魂を解き放つ——七周年追悼——

一

ぼくは障がいのある身だ
銃弾が貫通した足を引きずり
眼にはぶ厚い包帯が巻かれ
強烈な腐乱臭を発散させている
ぼくの指は呼吸するかのように
粗悪煙草《まずい》を挟み
有毒な灰を残す
魂は淫売の肉体のように

素っ裸にされ
冷えきった石の階段にそっと寄り添っている
地下ですすり泣く赤ん坊は
錆びた針の先端にじっと横たわる

二

ぼくには障がいがある
たったひとりで
この罪悪に満ちた畸形の都市に入ってきた
命をつなぐパンを乞い願うため
自由を株式市場に売り渡した
貪欲と欺瞞は

自動車の排気ガスのように
空気と陽光そして人々の顔を醜く汚す

あの革命の饗宴が終わったとき
ラッキーな英雄たちははるばる海を渡り
次には世論の波に乗って
パーティーを開き寄付を集めた
やむを得ず居残ったエリートたちは
仲間の遺体を埋めるのに手を回すことをせず
ズボンの裾の血痕をぬぐう間さえ惜しんで
さっさとビジネスの大海原へと突き進んだ
帰る家もない亡霊だけが取り残され
腹ぺこのままでおなかをグーグー鳴らす野良犬のように

骨の一つも見つからない

あの民主のパーティーのグラスが
戒厳部隊に打ち砕かれた後は
あちこち無料《ただ》で飲めや歌えの宴会
身を売った十万元の金ピカ大宴会で
食い散らして吐いたゲロの中に
東洋から輸入した金箔が数枚
何気なくきらりと光る
数人の男たちが妻の目の前で
酒臭い息をぷんぷんさせながら
買春の豊富な体験交流を行う
局長、富豪、作家、学者が

競って見栄を張るのは、金《カネ》や名声のためではなく
誰のものが
固くて長続きするかだ
真夜中から世紀末の夜明けまで
タイの海岸からニューヨークの七十二番街まで

三

ぼくは混沌の中で身を硬くする
身じろぎもせず、腰も曲げず
卑劣がすぐ近くで上がったり下がったり
猥褻が心臓を貫いても

人々の笑顔は単純で
人民元のご威光に頬がゆるむだけ
これこそが運命と決意したはずの殉難の道に
娼妓のキスマークがいくえにも重なる
呻吟も血涙もどんちゃん騒ぎにあふれかえり
コカコーラで渇きをいやさねばならないほど
江沢民の核心的主旋律[*1]には
いまだ暴力という文法が残されたまま
香港や台湾のソフトなアクセントで包装された
中流社会という時代の文化的なルージュ

八十年代、ある先鋒作家は
中南海[*2]の赤煉瓦に小便をひっかけた

「人民のために尽くす」[*3]という生臭さが
BBCのトップ・ニュースになった
彼はまた西洋人のブローカーと結託し
漏れてしまうコンドームを輸入した
赤いユーモアは不朽で
立て板に水の弁舌は魅力たっぷり
ケーキを切るナイフのように
甘さをまぶしながら人間の尊厳を切り落とす
サイードの重々しいため息と
オリエンタリズムとを復活させた孔子は
墓の中から「中華思想を振興せよ」と
長く響く屁をひった
アァ!

腰つきも伸びやかに
「逝く者は斯くの如きか」[*4]
危難の華夏[*5]の大地では
今こそ何が求められるのだろう
腐朽せる資本主義か
瀕死の共産主義か
没落する封建主義か

四

安普請のマイホームが
李鵬[*6]の奥まった大邸宅の隣りに建ち
万寿路一号へのアスファルト道路は

広々とした長安街に比べると
一本の田舎の小道のようだが
定刻には毎日
警官でいっぱいになり
すべての車両は迂回させられる
黒い「ベンツ」が通行するだけのために
車中の人はうとうと居眠りしながら夢を見る
息子が巨額の資金を抱えて国外逃亡するという夢を

いつも明るい月光の下
ここを通りかかる車両は
どれも突然訊問される
道路の両側に並ぶ街路樹では

男や女が幾人も後ろ手に手錠をかけられる
お互いの関係をうまく釈明できないから
アイシャドーの女は娼婦と見なされ
ケータイを持つ男は嫖客[*7]と決めつけられる
武装警官の鉄かぶとが星の光を吸い込むと
恐怖が夜の血管を突き抜ける
赤い爪でも、緑の爪でも、青い爪でも
そのどれもが屈強な戦士を吸い込めない
ただ印刷された高額紙幣の指導者の肖像が
お願いしますとペコペコすれば
この夜を買収できるのだ

五

暗闇が統治するその都市とは
とうに別れを告げた
喉を締め上げられた夜明けの
次に迎えたのは
マオタイ酒とＸＯと精液で濡れそぼった夜

この都市の破廉恥ぶりは
ほぼ完璧に近いが
すべてが包装紙にくるまれている
ただ透き通ってみえる残忍さだけが
純粋に透明というわけだ

正義でさえも宣伝ポスターの
太ももに頼る時代
自分を冒涜する者だけが
太陽の冠を被ることが許される
その盛大な儀式は
皮を剝かれた蜜柑のよう
橙色の甘酸っぱい果実を味わえるのは
味覚の失われた舌だけだ

ぼくには障がいがあるので
決して脱出できない
この都市から、この時代から
ただ一つ幸いなのは

ぼくには追放された霊魂がついている
足もなければ眼もないが
松葉杖だと前に進める
方向はどこでもよく
雨風を避ける必要もなく
あちこちただиздаさまようばかり

一九九六年六月二日から七日　北京にて

＊1：二〇〇〇年二月に打ち出された「三つの代表」。マルクス・レーニン主義、毛沢東思想、鄧小平理論と並び重要思想として党規約に明記。
＊2：故宮や天安門広場の近くで党・政府の要人や秘書の居住区。
＊3：原文は「為人民服務」。毛沢東が一九四四年九月の演説で用い、党規約や憲法からメディアでも頻繁に出てくるスローガン。
＊4：『論語』子罕篇。
＊5：「華」は華やか、「夏」は盛んなことを意味し、中国人が自国や中華文明を誇る語。
＊6：天安門事件の当時の首相で、武力鎮圧を主導。
＊7：買春する者。

あの日――八周年追悼――

一

あの日に起こったことは
一種のいつまでも治らない病だ
祖先が近親相姦をつづけ
代々遺伝して伝わってきたものが
皇帝の精子の中に潜伏し
それが命運となった

あの日は選択の日だった

免疫力のない子孫の
女媧[*1]が泥をこねて人間をつくり、天を補修しても
精衛鳥[*2]が自らの生命をもって海を埋め立てても
譚嗣同[*3]が刑場の露と消えても
回復などできなかった
この民族の崩れた健康は
五千年かけても治せはしない
たった一粒で効く良薬が突然できるわけがないので

あの日は
我々の脆い軟骨が
堅強になる唯一のチャンスだったのに
一枚の手鏡から青空まで使いはたしたとしても

阿Qのような虚栄心で
お互いを讃えあう理由が我々から失われつつあった
あの日の絶望は
我々を逃げ道のない
断崖絶壁へと追い詰めた
粉骨砕身しかないという瞬間こそ
不治の病を完治させるチャンスだった

二

創世の混沌[*4]の中で
我々は己れこそ人間だとわかっていたはずなのに
聖賢の教えによって

誇り高く、畏敬と謙遜を覚えたはずなのに
我々は殺戮の銃剣の下でも
愛する人の遺体を抱きしめたのに
どうして、あの日、まさに
全世界の瞳《ひとみ》が鋭く見つめていたというのに
我々の眼《まなこ》だけが鈍感になれたのか
どうして、あの日、腕を
夜半から黎明まで
深紅から青黒くなるまで振り上げたのに
我々は人殺しの足もとに跪いてしまったのか

三

男も女もまる裸にされ
焼却炉の青い煙から逃がれ出る
ざっと髪を梳き、顔を洗い、慌ただしく
鏡に向かってきれいかしらとナルシズムに浸る間もなく
五つ星ホテルに駆けつけ
キングサイズの豪勢なベッドでご奉仕すると
微笑みは精緻かつ的確で
秦の始皇帝の陵墓に展示された
ブロンズの馬車さながらに賛嘆してくれる

四

我々の長年の持病がまたもや発病した
未曾有の享楽とでも呼べそうな
魂を失った我々にも
ありがたいことに肉体は残っていた
丈夫な四肢だけで十分だろう
徹底的な唯物主義者に恐れぬものは何もない[5]
我々は神の創造物などではない
最後の審判など心配御無用
我々の持病はすこぶる華奢で嫋やかだ
西施[6]の美、林黛玉[7]の美と
いずれもこの持病の中から生まれ出たものだ

五

神が何だというのだ
神を信じる白人にだってサタンがいるではないか
毎日教会で懺悔する金髪の人々も
エイズにかかる
煉獄の烈火が何だというのだ
むだに燃えているだけさ
ただの浪費さ
世界に張りめぐらされたインターネットでさえ
この不治の病には手をこまねいているだけ

六

おやおや
我々プロレタリアは
鉄鎖の他には
何も失うものがない
何とも誇り高い赤貧だ
眼もなく耳もなく
口もなく皮もなく
魂もなく記憶もない
何も持たないプロレタリア（つまりは無産者）
ただ一つあるのはあの日の
白人の最も致命的な難病でも

我々のとは比べものにならない
あのエイズでさえ歴史は浅く
たった数十年しか経っていない
我々の抱える宿病は
イエスの誕生よりはるか以前からだ

七

浅薄なエイズには
性交など必要だが*8
道義的な力量など少しもない
我々の宿病は余りにも根深い
学びて時にこれを習う*9

悠然と心を遊ばせ気を養い
またたく間に悟り成仏する
無知な者は畏れも無い
無産者には恥も無い
孔子から郭沫若[*10]まで
三皇五帝[*11]から唐宗宋祖[*12]まで
貞女烈婦から文臣武将まで
毛沢東から鄧小平まで
聖賢から市井の類いまで
……………
我が民族は
この宿病ゆえにすべてをコントロールしてしまえる
我々の一人ひとりが

子宮の中ですでに無恥を学んでいるからだ
無恥だからこそ
何も畏れるものが無い
生命の蹂躙から神の冒涜まで

我々はいともたやすくあの日を捨て去った
あの永遠とも思える病いにかかったことなどないように

一九九七年六月四日　早朝　大連労働教養院にて

＊1：古代神話の人首蛇体の女神で、天が崩れそうになったときに補修したと伝えられる。
＊2：炎帝の末娘の女娃は水に溺れて死ぬと精衛鳥に生まれ変わり、いつも西山にある小枝や小石を嘴で銜えて海まで飛び、埋め立てたという。炎帝は太陽、五穀、薬などを司る神であり、特に農業を創生したので神農氏とも呼ばれる。
＊3：湖南省出身で、清末の改革、戊戌変法に加わるが戊戌政変により処刑。主著『仁学』では中国の旧秩序や儒教的倫理が激しく批判されている（死後、日本で梁啓超により出版）。
＊4：聖書「創世記」の冒頭は「初めに、神は天地を創造された。地は混沌であって、闇が深淵の面

にあり、神の霊が水の面を動いていた」と記されている。

＊5：「共産党宣言」の結びは「プロレタリアはこの革命によって鉄鎖の他に失う何ものもない。彼らの得るものは全世界である。万国のプロレタリア、団結せよ！」である。

＊6：王昭君・貂蝉・楊貴妃とともに中国古代四大美女と言われる美人。

＊7：十八世紀頃の長編白話（口語体による）小説『紅楼夢』のヒロインの病弱で繊細な美少女。

＊8：性感染に限らないが、性分泌液の接触は極めて多大な要因。

＊9：『論語』学而篇にある。

＊10：文学者、歴史家、政治家。中華人民共和国成立後、政府の要職を経て全人代副委員長など歴任し、文革では率先して自己批判を表明。

＊11：神話伝説時代の八人の帝王。

＊12：唐の太宗李世民と宋の太祖趙匡胤に由り、開明君主を意味する。毛沢東の『沁園春・雪』では「唐宗宋祖／やや　ふうそうにゆずる……風流の人物を数えんとするならば／なお今朝をみよ」と詠われている。「今朝」は毛沢東自身を指し、自画自賛しているという解釈が有力。

またもや肉薄、襲撃だ——九周年追悼——

一

おかずの椀の中にハエの屍体があった
ぼくはゆっくりと味わった後
夕焼けに染まる黄昏に向かって吐き出した
一群の坊主頭[*1]がグラウンドで
号令に従って同じ動作を繰り返し
やがて来る点検を待つ
テレビに出ている趙本山や宋祖英[*2]に
同房の囚人たちは大笑いして打ち興じる

彼らはどんなスターでもよく知っている
「心太軟（心やさしい）」を口ずさみながら
画面に広がるおっぱいやお尻にタッチするのが一番のたのしみだから

二

ぼくは相変わらず隅っこにうずくまり
妻に六〇九通目の手紙を書く
漢字が突然気を失い
胃が痙攣し筆先がぶるぶると震えた
本能的にある予感が走った
あの刻《とき》がまた肉薄し
破れた便せんの裏側から

ぼくの後頭部の反骨を襲撃した
毎晩、妻がやさしく
愛撫してくれた反骨を
早くも中学一年のときから
大衆独裁で闇の獄屋に監禁され[*3]
こん棒や割れた煉瓦で叩かれたあの反骨を

三

襲撃を受けたとき
墓はきっと孤独なのだ
たとえぼくに
また投獄されるのを覚悟する勇気があったとしても

記憶の奥底に埋められた屍体を
掘り出す勇気などない
細かくかみ砕いた蝿を
呑み込めないのと同じだ

四

死は正義を埋葬した後に
何と死までも見捨てた

地下の子どもたちは
腐り朽ち果て髪の毛しか残らない
か細い泣き声がひっそりと舞いあがる

晴れた夜空のはずが雨や雪でびしょ濡れだ
天の心臓は鼓動を止めた
未婚の母が子宮に懐妊し
まるでひとかたまりの石ころと氷のようだ
胎児は強制的な人工中絶から逃れるために
母のお腹の中で自らを抹殺することを覚える

ぼくはまた食事を拒絶する
たとえ肉体が空っぽでも、入れる気がないから
信仰の廃墟で
反骨の破片を集めよう
百合の花に適した土壌が見つからなければ
大海原に移植しよう

潮が追悼してくれ見守ってくれるから

今夜、愛する人は夢に現れず
一匹の蟻がぶるぶる震えている
洞窟の蟻の巣は剣先で驚かされた
蟻にはわからなかった
大虐殺の意味など
一方、知恵ある生き物は
みな忘れ麻痺してしまう
蟻のあの戦慄すべき記憶こそ
大地を完成させるのだということを

一九九八年六月四日　早朝　大連労働教養院にて

＊1：男性の受刑者は強制的に丸坊主にされる。衛生や脱獄防止のためという。
＊2：人気のあるお笑い芸人と歌手。
＊3：文革期に「造反民衆」がプロレタリア独裁の名の下に恣意的に行使した違法行為。反対派の教員、学生たちを小号（私的監禁施設）に押し込め、拷問や暴行を加えた。

時間の呪詛の中に立ちつくす――十周年追悼――

時間の呪詛の中に立ちつくしていると
あの日は遙かに遠い

一

十年前のこの日
黎明にシャツは血まみれになり
陽が昇ると、カレンダーは引き裂かれた
すべての眼差しは停止した
ただこの一頁だけを

世界中が悲しみに打ちひしがれながら凝視しつづけた
時間は天真爛漫でなんかいられない
死者たちは闘いそして叫ぶ
泥にまみれた喉が涸れてしまうまで

監獄の鉄格子を握りしめ
この刻《とき》
ぼくは大声で慟哭するしかすべがない
ぼくは恐れる
次には泣こうにも涙が涸れてしまっているかもしれないと
無辜の死を記憶するためには
ひとみのまん中を
冷静に銃剣で突き刺し

失明を代償に
脳みそを明晰に整えなければ
あの骨の髄まで響いてくる記憶は
ただひたすら拒絶する姿勢でしか
完全には表現できないのだ

二

十年後のこの日
五星紅旗が
黎明にはためき
訓練された兵士たちが
最も標準的に最も荘厳な姿勢で

あの満天下に晒した大嘘を警護している
人々はつま先だち、首を伸ばそうとする
好奇心に駆られながら、驚嘆し、敬虔に
すっと一人の若い母親が
抱いていた子どもの手をとり
天を覆う大嘘に敬礼する

もう一人の白髪の母親は
遺影の息子に口づけする
息子の指を一本一本整え
血に染まった爪を丁寧に洗ってやることも
一すくいの土もかけてもやれないので
息子を安らかに眠らせてやれない

だから遺影を壁にかけるしかないのだ
その母親は名も知れない墓をあまねく訪ねあるいた
世紀の大嘘をあばくため
締めつけられた喉の奥から
窒息させられた息子たちの名前をしぼり出しながら
自己の自由と尊厳によって
忘却を告発しつづけなければ
官憲の尾行や盗聴を受けながらも

三

この世界最大の広場は
とっくに修復され一新された

山村から踊り出た劉邦は
漢の高祖になると
母は神たる龍と密通したという物語をつくり
家族の栄華を演出した
かくも古くからの輪廻なのか
長陵から記念堂まで
虐殺者はみな荘厳に葬られる
豪華な地下の宮殿で
数千年の歴史を隔てて
暗君と暴君とが
刃物のように鋭い知恵を出し合いながら
殉死者の拝跪《はいき》を受けていた

数カ月後
盛大な式典が挙行され
記念堂では完璧に保存されている屍体と
皇帝を夢見る虐殺者が
ともに閲兵するだろう
天安門を行進する殺人機械を
秦の始皇帝が墳墓の中で
朽ちない兵馬俑を閲兵するように

まさにこの刻《とき》、あの冥土の魂は
生前の輝きをもう一度味わおうとする
何のとりえもないほど没落した子孫は
冥土の魂のご加護を得て

白骨で作った王笏《おうしゃく》を用いて
素晴らしき新世紀を恋い願おうとする

花束と戦車の間で
敬礼と刀剣の間で
鳩とミサイルの間で
整然とした隊列と麻痺した表情の間で
旧い世紀が終わりを迎えるとき
ただ血なまぐさい暗黒だけが残り
新しい世紀が始まるには
生命の光が一筋も感じられない

四

食事を拒み
手淫をやめて
廃墟から一冊の本を拾いあげ
死体は謙虚だと驚嘆する
蚊の内臓から
赤黒い夢を作り出す
鉄の扉の監視穴に近づき
ドラキュラとおしゃべりをはじめる
もう怯えることはないよと
突然胃が痙攣し
決死の思いで立ち向かう勇気が出て

呪詛をことごとく吐き出す
五十年の栄光なんて
共産党にあるだけで
新中国にはないというのに*

一九九九年六月四日早朝　大連労働教養院にて

*：原文は「只有共産党／没有新中国」でプロパガンダ革命歌「没有共産党／没有新中国（共産党がなければ新中国はない）」のパロディ。

蘇氷嫻*女史に捧げる——十一周年追悼——

一

先生、あなたの急逝の訃報が伝わったのは
北京では珍しくなった大雪の降っていたときだった
汚らしい北京をその雪は
偽りの美しさでカモフラージュした
天安門広場を警備していた武装警察が
軍靴で
子どもがせっかく作った雪だるまを
粉々に蹴飛ばした

ぼくは十一年前を想い出した
先生の息子さんは
この雪だるまのように
罪深い銃弾によって
打ち砕かれた
銃声が鳴り響いたあとに
恐怖が一人ひとりの頭に
盗聴器を取り付け
ため息も涙声さえ録音された

二

哀悼することも許されず

追憶さえも許されず
息子を失った母と
夫を失った妻が会うことも許されず
足の付け根から切断された青年が
車いすで動くのを
助けることも許されず
寡婦が花束を
受けるのも許されず
父母を失った孤児が
新しいランドセルをもらうのも許されず
温かな手で
帰る家もない冤罪の魂のために
一すくいの土、一握りの草を添えるのも許されず

余すところいくばくもない瞳が
身を隠した人殺しを探すのはなおさら許されない
許さない許さない許さない許さない……
十一年前
一滴《ひとしずく》の雨が
亀裂した大地に落ちるのも許されなかった
十一年後
雪だるまの短い命さえ許されない

三

雪が降る
世々代々の冤魂《えんこん》が降り積もるかのように

清らかな純白は
虚しい幻に見える
赤い太陽が昇ると
何トンものゴミの山で
記憶は埋め尽くされてしまう
銃剣は
肉体と影とを切り裂き
雪の華と大地を両断できるけれど
燭光と大地は断ち切ることがかなわない
いかなる形の供養も
かつての熱血にとっては
蒼白すぎる
鮮血が満天の大雪になり

墳墓の姿で飛翔する

四

死について
ぼくが語れることはわずかだ
君が死の直前に投げかけたまなざしの
もたらす震撼は
最後の審判にだって
劣らない

二〇〇一年一月十七日　北京の自宅にて

＊：「天安門の母たち」の一人。二十一歳の息子が六月四日未明に西長安街附近で被弾した。「六・四」事件の真相の究明や責任の追及を一公民の権利として粘り強く政府に要求してきたが、二〇〇一年に無念の思いを抱いて病死。

一枚の板の記憶——十二周年追悼——

ぼくは一枚の板
五十センチの長さの
捨て去られる運命だけれど
ある若者に出会い
細部まで木目の間に保存された
あの戦車が生身のからだに迫ってきたとき
あの逃げこんだ袋小路に追い詰められ銃撃された
驚くべき黎明の一瞬

長安街が震えあがり
ぼくも思わず恐怖におびえた
キャタピラーがぼくの角を押しつぶし
引きちぎりながら通り過ぎた
植物繊維が引っ張り出される
引き裂かれる叫び
隠れろ、逃げろ
知っているさ、鋼鉄はぼくよりずっと硬いと
でも、ぼくには、どうしようもない！

夕暮れ、すぐ近くに
血まみれの死体がひとかたまりになって
横たわっていた　撃ち抜かれて

大きな穴の開いた頭は
黒々として血なまぐさい
板の木目に染み込んだ
つぶれた豆腐のような白いもの
あれは何だ

あれは何だ　ぼくにはわからない　けれど
彼はぼくよりずっと勇敢
ぼくのふる里の硬い石ころのようで
ぼくよりずっと脆くて痛々しい
青草のように
だから守ってあげたい
助けたい

同じいのちを生きる若者たちよ
逃げろ、できるだけ速く
彼らはぼくより若く
戦車の前に敢然と立ち向かう
彼らはぼくよりひ弱なのに
できるだけ遠くへ逃げてくれ
芽生えたばかりの青草よ

さあ、ここに来てくれ
逃げ出せなかった若者よ
汚らしい板だけど横たわって
見向きもされない一枚の板だけど
轢き殺そうとする鋼鉄には歯が立たないけど

君を助けたい
君が気絶して倒れる寸前でも、死体になっても

ここに来てくれ!
頭に大きな穴の開いた若者よ
君のかっと見開いたひとみから
一台一台狂ったように突進してくる鋼鉄のかたまりが見える
戦車を操縦する兵士は
何と君よりも若い

さあ、来てくれ! 早く
ついさっきまで友と手と手を組んで
黒い砲口や銃口に向かって

腕を高く振りかざしていた若者よ
青空をじっと見あげるひとみを閉じて
君の血と、白い脳みそで
四肢が轢断された君とぼくを
くっつけよう
ギュッと

耳を澄ましてみてくれ
最後の鼓動で心臓が何を語ったのか
手でなでてみよう
引き裂かれた皮膚の下の
冷たくなっていく血の中に
残されたわずかな最後のぬくもりを

可能ならば、この体温を
君を待ちわびている彼女のもとに届けたい

さあ、ここに来てくれ！　朗らかな
青空のような若者よ
雨も雲も鳥もいないけど
できるなら
君を乗せて帰りたい
ご両親が認めてくれるなら
ぼくは簡素な棺となり
君とともに土に還りたい
ぼくの根
ぼくの家は

大地の深いところにあるから
君に寄り添い
ひとみを凝らし
地下で待ち望むことにしよう
君が思う存分
生長して
森になるまで

もしもそれができなければ
ぼくたちはずっと
じっと、堅く寄り添いあって
鋼鉄に挽きつぶされ粉々になり
アスファルトの道路の割れ目に落ちていきたい

北京の、六部口*で
長安街を支える土から
常緑樹となって生い繁り
記憶を保存したいと思う

二〇〇一年五月十四日　北京の自宅にて

*：六部口だけで銃撃され、あるいは戦車に轢かれた死傷者は十数名にのぼり、「六部口の惨劇」と呼ばれる。「天安門の母たち」グループの調査で、生存者は次のように証言した。

「あまりにも悲惨な状況に言葉を失いました。悲痛な叫び声が響き渡っていました。むごたらしい姿に変わり果てた学生たちの遺体が歩道のあちこちに転がっていました。そこから二メートルほど離れたところにあった遺体の頭部には大きな穴が開いていて、中から崩れた脳みそが、まるでつぶれた豆腐のように露出していました。この脳みそと血が混ざりあって一メートル以上もの噴き出した跡がありました。

歩道のわきに四人の遺体が横たわっていましたが、そのうちの二人は自転車といっしょに戦車に轢かれていて、自転車がからだに食い込んでつぶされていました。」

ぼくのからだのなかの「六・四」——十二周年追悼——

この日はますます遠くなったようだが、ぼくにとってはからだに残された一本の針のようだ。子どもを失った母親たちが切れ切れになった夢を縫いあわせようとして忘れた針だ。この針は母親たちの仕事を引き継いでくれる手を探している。針はぼくの全身を探しまわり、無数の幼稚な衝動や欲望を刺し殺した。それはいつも心臓のまわりを巡回してまわり、注意深く心臓の脈動に耳を傾ける。たまに針の先を心臓の表面にそっと触れては試す。あるとき、心臓のまわりに長い間とどまり、力の限り突き刺して、すべての罪悪感に終止符を打とうと決心した。それなのに、行動を起こす寸前にためらい、前に進みつづけようとはしなかった。生命はもろく、軽く刺しただけでも耐えられない。残されたわずかな余地、わずかな時間のなかで、色あせた痕跡をすべて血に吸収させなければならないことを知っているからだ。

まだ、あの手を見つけられなくて、針はためらったのだ。

針の本性はとても野蛮で、すべてを刺し貫きたいと渇望し、血によって先端を養う。血液に染みこんだ、色あせた痕跡によって血液は流れ皮膚を紫や青に染める。ぼくの大脳はいつもひとしきり興奮したあとは激しく痛むようになった。それがからだのなかにとどまっているのは、簡単な理由による。――あの手を探し、永遠の道義を確立すること。この針は臆病な神経がぶるぶる震えるのを許さず、先端を知の良し悪しの見張り番にする。

運命はぼくをこの針に手渡してしまった。遅かれ早かれ、この針で死ぬにちがいない。まるで、冬になると水滴が氷に手渡され、夏には瞳が灼熱の太陽に手渡されるように。今、この時、ぼくは針の鋭利な切っ先を感じることができる。その矛先はぼくの内臓をあかあかと照らし、鋭く滑走しながらきれいに洗いおとしていく。臆病な心を。

眠りのなか、ぼくの思いは千々に乱れ、夢にうなされてうわごとをしゃべってしまうのに、この針はもう慣れている。昨夜、驚いて目を覚ますと、針が発する澄んだ音が聞こえた。奇妙にきらめき、からだのなかに一筋の虹がかかったよう。空に濃密な雲が広がってぼくははっきりと感じることができた。針の生命はぼくが生み出す文字なんかよりずっと長い。それは活力に満ちあふれ、ぼくのからだを悠然と巡っていく。ぶつかるたびに、無意識のうちに針はますますきらめき、ますます鋭くなり、揺らぎようのない合法性を手に入れる。

ぼくのからだには一つの死角があり、そこはとりわけ荒れ果てている。まさにこの針は、死体にうめき声を出させ、開くことさえできない目を暗闇でらんらんと光らせ、すべてを透視させる。膨らんでいく罪悪感は狭い片隅で不安を募らせ、記憶の核心に深く入っていこうとする。あの裏切りの瞬間、偽りの興奮で正義を偽り、ぼくの魂は心臓から離れてしまった。女たらしの汚い生殖器が、純粋な夜を汚してしまった。

ほんとうに寒い。針は、やたらと動きまわる。血液を凍らせるには十分だ。冒涜された死は、何もかも掠奪された陵墓のようだ。大理石の墓碑の前の燈火が目に飛びこみ、この針を溶かしてくれるだろうか？　心中深い針の先端が燈火に変わり、一つひとつの墓碑の下なら夜を暖められるだろうか？　ぼくは待つ。あの手が、切れ切れになった夢を縫いあわせる決心と忍耐によって、この針を心臓に突き刺すのを。肉体の深い悲哀と神経の慟哭が思想に毒をまぶしたが、一方では詩《ポエム》を高みにまで到達させてくれたのだ。

二〇〇一年五月十八日　北京の自宅にて

「六・四」一つの墳墓——十三周年追悼——

権力のファスケス*[1]を護衛する兵馬俑は世界を驚嘆させたが
宮殿より荘厳な十三陵*[2]が
西洋人をもっと驚愕させる
毛沢東の記念堂が
奴隷の心臓の中心に築かれている
我々の長ったらしい歴史は
帝王の墳墓によって光り輝く

だが「六・四」は

一つの墓碑のない墳墓
恥辱をこの民族と歴史のすべてに刻む墳墓

十三年前の
あの血なまぐさい夜
恐怖から正義のために抜くべき刀剣が放置された
逃避によって青春を圧殺した戦車が容認された
十三年後の
朝はいつものように嘘から始まる
夜はいつも貪欲で終わる
ゼニカネで、すべての罪悪が許される
すべては再び包装しなおされる
だが残忍さだけは透けて見え
純粋で透明だ

「六・四」、一つの墳墓
忘れられ荒れはてた墳墓

この広場は、完璧に美しく見える
マオタイ酒、レミーマルタン、XO、あわびの宴会やら
「三つの代表」が報告する儀式やら
妾やら精液やら赤いネイルカラーやら
偽のたばこやら偽の酒やら偽の卒業証書やら
パトカーやら鉄かぶとやら電気陰茎[*3]やらで
リフォームして一新した

あの年、ハンストで息も絶え絶えだった学生が
今、もしかしたら息子を連れて

ここでのんびりと凧をあげているかもしれない
人民大会堂はまさに明るく照らされ
共産党青年団の八十周年を祝賀している
若い代表たちはまったく知らない
扉の外の階段で
かつて同じく若い学生三人が
ずっと背をのばし跪いていたことを
あの年に大会堂のなかで
ハンストの学生が酸素吸入器を付けながら
虐殺者と論戦をくり広げたことなど誰も知らない
……………

知らないことさえ知らないのだから、まさに知らないのだ
歴史など何にもならない、今のことこそ肝心

老いぼれの報告と若造の笑い顔が
シャンデリアを中心にクルクル回る
北京大や清華大の新世代が
嘘言と強権に向かって終わることなく喝采しつづける
彼らの前途には金のコインを敷きつめた「小康《シャオカン》」がある

「六・四」、一つの墳墓
恐怖で取り締まられる墳墓

十三年はそれほど長くはないが
ぼくの足もとの
裂け目は底なしの深淵になる
土踏まずを突き刺す一本の針は
雪のような輝きも鋭さもないが

まだらに色あせた血痕が一面に広がる
心の歩みには杖が必要だ
荒れはてた墳墓に緑が必要なように
だが墓参りに来ても
亡霊へと通じる道が見つからない

すべての道が封鎖されている
すべての涙が取り締まられている
すべての花が尾行されている
すべての記憶が洗い流されている
すべての墓碑は空っぽのままだ
死刑執行人は恐れ戦き
より大きな恐怖によってやっと落ち着かされる

「六・四」は一つの墳墓
永遠に瞑目できない墳墓

忘却と恐怖の下
この日「六・四」は埋葬された
記憶と勇気の中で
この日は永遠に生き続ける
銃剣に切り落とされた指が
弾丸で撃ち抜かれた頭が
戦車に押しつぶされた軀《からだ》が
取り締まられた哀悼が
不死の石となり
その石は、吶喊[*4]となることができ
また墓地をいつまでも青々とする野草[*5]にもなれる

その野草は、飛翔でき
心臓の中心に突き刺さる針の先となる
血涙によって雪のように輝く記憶を取り戻そう

「六・四」、一つの墳墓
屍体で生命を保存する墳墓

でも、生きている人は
饕餮[*6]で淫乱で
欺瞞で独裁で
成金で「小康《シャオカン》」で
屈従して物乞いする人だ
一人ひとりがまさに腐りきっている

二〇〇二年五月二十日　北京の自宅にて

＊1：古代ローマで儀式に用いられた斧の周りに短い杖を束ねたもの。ファシズムの語源。
＊2：北京にある明代皇帝十三人の陵墓群。
＊3：電気ショックを与える警棒を指す。
＊4：魯迅の著書の表題。
＊5：魯迅の著書の表題。
＊6：伝説上の貪欲な怪獣。「饕」は財産を、「餮」は食物を貪るの意。

「六・四」夜明けの暗黒――十五周年追悼――

自由を失った暗黒のなか、ぼくは時計の針が「六・四」の夜明けを指し、十五周年が到来するのをじっと待っている。

十五年前のこの時、広場は完全武装の戒厳部隊に包囲され、繰り返し放送される戒厳令に取り囲まれ、絶えず聞こえる銃声やたくさんの血なまぐさい情報にがんじがらめにされていた。ほんの数時間前までまだ大勢がひしめきあい、わいわいがやがやと騒ぎ立てていた広場だったのに、この時にはもうがらんとしていた。ぼくは記念碑前にハンストのために用意された場所にじっとしていて、記念碑の周りに集まった数千人の学生や市民とともに、暗黒のなか予測しがたい運命と対峙していた。

あれから十五年が過ぎた。権力者たちはぶよぶよと太り、エリートたちは利益追求のために買収された中産階級のホワイトカラーの一員になっている。北京などの大都市では高層ビルが次々に落成し、テレビの画面では栄華と太平を謳歌する歌や踊りが放送しきれないほど。けれど、あの夜の恐怖は、今でも漂っている。血まみれの虐殺から厳重な監視まで、この政権のエゴと野蛮さは少しも変わっていない。

今年、「両会〔全国人民代表大会と政治協商会議。毎年三月に人民大会堂で全体会議が開催〕」を前にした二月二十四日から、ぼくに対する監視と統制のレベルが引きあげられた。初めは尾行と見張りだけだったのに、外国マスメディアが自宅でインタビューすること以外は、ぼくが外出して人と会うことは阻止されなかった。家の来客への取り調べもなかった。もちろん、自宅の電話やインターネットも問題視されなかった。

三月三日から三月十六日までの「両会」の期間中は、監視と統制がより厳しくなった。ぼくは外出して人と会うことはいいけれど、ジャーナリストとは絶対に許されなくなった。家に訪ねてくる人も取り調べを受け、電話も通話中突然中断させられるということが頻繁になった。そのため、ぼくは監視中の警察官に抗議したが、「両会」の後でも、相変わらず同じ状況だった。

五月二十四日から、監視と統制がさらに引き締められた。時々妻の実家で晩ご飯を食べる他は、外出が許されなくなった。電話やインターネットの妨害がますます頻繁になり、ジャーナリストやいわゆる社会的に敏感な立場にある人からの電話は、必ず遮断された。ネットにつなぐと、わずか数分で中断された。そのため、ぼくは当局に抗議し、また電話会社の一一二番〔相談窓口〕にも訴えた。五月二十五日の早朝から、電話もネットもほとんどつながらなくなった。

六月一日からはもう、電話は一日中まったく通じなくて、ぼくは妻の実家へ食事に行けなくなった。

このように、監視と統制のレベルが引きあげられるたびに、海淀区分局はぼくと談話する。態度は穏やかでも、実際は警告だ。

この闇夜は、大自然の昼夜の循環と違って、独裁制度の下で続く闇夜だ。ぴったりくっついた尾行に来客の取り調べまであり、最後はぼくの通信手段すべてを断ち切り、自宅に軟禁した。ぼくは情報において盲目となり、耳も聞こえなくさせられた。他にもぼくのように、不法に人身の自由や通信の自由が制約された人がいることもまた確かだ。

一九九五年五月十八日から一九九六年二月初めまで、およそ八カ月間、ぼくは香山〔北京郊外の紅葉の名所〕のふもとにある四合院〔中庭を囲んだ伝統的な建物〕に軟禁された。妻の劉霞だけは半月に一回面会ができ、本を持ってきてくれた。

今は、一九九五年の軟禁とは場所が違うだけ。公安局が指定した場所ではなく、自宅に閉じこめられた。ぼくは劉霞と仲良く暮らし、読書も著述もできるけれど人身の自由を失った点では、いずれの軟禁も同じだ。

十五年間で変化がないのは妻の劉霞だ。彼女のぼくへの愛は変わらない。霊魂への供養も一貫して変わらない。毎年「六・四」を弔うために、彼女は必ず百合の花束を買ってくる。今年も例外ではなく、昨日の午後、彼女は十五本の百合を買ってきた。

この百合は弔意でもあり、懺悔でもある。

白百合が暗夜にきらめく。開いた花びらと緑の葉がきらめく。淡い花の香りがきらめく。まるで霊魂の死んでも死にきれない瞳のようだ。「六・四」後の民族精神の暗闇のなかで、「六・四」で犠牲になった霊魂の鮮血と生命は、唯一の純白と光輝である。

今宵も、暗黒に閉じこめられたぼくに百合の花は霊魂の光を放つ。ぼくの魂の目を開かせてくれた丁先生、蒋先生〔殺害された蒋捷連の両親〕が涙を流して捷君のためにろうそくの火を灯すのが見える。多くの受難者の家族が常夜灯に火を灯したのが見える。香港のヴィクトリア公園を臨む香る海辺の夜空が燭光で輝くのが見える〔香港では毎年六月四日に追悼燭光集会を開催〕。世界各地で霊魂のために灯されたろうそくの火が見えた。

自由を失った日々、からだは暗闇に突き落とされたが、かえってぼくの魂と霊魂とが対話する時間ができた。

純白の百合は、霊魂のために灯された祈りの火。ぼくをじっと見つめ、熱く燃えあがらせ、明るく照らしだす。
自由を渇望した人は死んだが、霊魂は抵抗のなかで生きつづけている。
自由から逃避した人は生きているが、魂は恐怖のなかで死んでいる。

十五年が過ぎた。あの、銃剣で赤く染まった血なまぐさい夜明けは、相変わらず針の先となってぼくの目を突き刺す。あれ以来、ぼくの目にするものはみな血の汚れを帯びている。ぼくが書いた一字一句はみな、墳墓のなかで霊魂が吐露するものからやってくる。

ミラン・クンデラの有名な言葉に「権力に対する人間の闘いとは忘却に対する記憶の闘いにほかならない*」がある。しかし、「六・四」後の中国では、ただ忘却だけしかないのだろうか。

殺人者たちの政権は人を絶望させる。人殺し政権と殺された者とを冷淡に忘れる心をもつ民族は、さらに人を絶望させる。大虐殺の生存者には力がなくて、受難者のために正義を奪還できないことが、なおさらぼくたちを絶望させる。
絶望のなかで、ぼくに与えられた唯一の希望は、霊魂を記憶に刻みこむことだ。

二〇〇四年六月四日夜明け　北京の自宅にて

*：西永良成訳『笑いと忘却の書』集英社、一九九二年、七頁。

亡霊を記憶に刻む——十六周年追悼——

一

十六年後のこの夜
弔意の百合が悪夢になった
傷口はずたずたに引き裂かれた思想
しどろもどろに墓の中の物語を紡ぎはじめる

十六年前のあの刻《とき》
世界は子羊と同じ、自分を守る力などなくて
狂ったようにやりたい放題で殺された

驚愕した天は言葉を失い
黙したままただ涙を流しながらため息をつくだけ

ぼくにはもう何も聞こえない
空中に響き渡るスローガンも宣言も
生まれながらの聾唖者のように
ヒューッと耳を劈《つんざ》く弾丸の音も
戦車に立ち向かう恐怖は語れない

ぼくにはもうわからない
広場ではためいていた旗
ああ、あの旗は生まれたばかりの赤ん坊
母の屍体にしがみつき

乳首を吸ってもおっぱいは出なかった

死の場を逃げ出してから
ぼくは昼と夜との区別がつかなくなった
時間は鋭い匕首で刺し貫かれ
植物人間になり
記憶を失い
すべてを失った
あの戦車に轢き潰された夜は
銃剣で突き上げられた夜明けは
数千年の歴史の中で
猫の額ほどの自分の墓地を持つことさえできない

二

権力や市場と魂が取り引きされる
血痕が汚いお金によって拭《ぬぐ》われる
精神の壊滅が
人殺しの祝宴を引き立たせる
血なまぐさい虐殺はすぐさま
人肉*1の宴席へと移り、飲めや歌えのどんちゃん騒ぎ
誠実も尊厳も
母の愛も憐憫も
一糸まとわぬ屍体にされてしまった
明るい都会にはのんびりとした人の群れ

無恥はますます洗練され
舌先三寸、口角泡を飛ばす
ＳＡＲＳ[*2]のウィルスが
空気中に蔓延し
記憶の喉を窒息させ
喘息持ちの民族であるぼくたちは
春なのに息もできない

世紀にまたがる罪悪と恥辱は
咲き誇る花のように美しい
「民族復興」のスローガンを大声で叫び
「日本製品ボイコット」の横断幕を高々と掲げる
Ｆ４[*3]のクールな青春を口ずさみながら

倭寇に向かって石やビンを投げつける
突然、甘ったれた声で
秦の始皇帝の指揮の下
「連戦おじさん、お帰りなさい!」と唱和する*4

十六年前の残忍な春は
愛国主義というファッションをまとうが
残忍さが絶えることはない

三

暗黒は水だ
隙間は少しもない

亡霊は光だ
虚疑にまみれた海を透徹する
それがほんの偶然の燦めきだったとしても
最も荒れ果てた片隅を照らし出してくれる

恐怖と忘却とが同時に猛威をふるうとき
子どもを失った母たちは
この逆転した時代に
裏返しの遺言を提示する
白髪の母は黒髪の子の死を前にした眼差しを抱え
一つひとつの墓を探し尋ねていく
母たちが倒れそうになると　いつも
若く黒い髪のままの亡霊が

白髪の母を支えている
涙さえ尾行されている道を歩いていく

四

記憶のない民族には
未来もない

黒髪の亡霊を記憶に刻まなければ
白髪の母たちを助けなければ

足かせをはめられても、
ぼくは十本の指を使って這っていき、君に立ち向かうよ

手かせをかけられても、
ぼくはひざとあごを使って這っていき、君と対峙するよ
たとえすねを叩き切られても、ぼくは折れた骨で、君を支えるよ
喉をぐいっと絞められても、
ぼくは息を詰まらせながらでも、君に呼びかけるよ
もし口をふさがれたなら、それでも、ぼくは鼻の先で、君に口づける
歯が砕かれたなら、ぼくは歯ぐきで、君を噛みしめる
髪の毛が抜き取られたなら、ぼくははげ頭で、君にタッチするよ
目をえぐり出されたなら、ぼくは眼窩で君を見守ろう
軀《からだ》が朽ちたとしても、ぼくは香りで君を抱きしめよう
ああ心が破砕されたなら、ぼくは君を記憶によって刻み続けるだろう

二〇〇五年五月一八日　北京の自宅

＊1：魯迅「狂人日記」参照。
＊2：重症急性呼吸器症候群。
＊3：台湾のアイドルユニット。日本の人気少女コミック『花より男子』を台湾でドラマ化した「流星花園」に出演した四人で結成され、アジアを中心に大きな人気を獲得。
＊4：李登輝、陳水扁と続いた台湾アイデンティティを志向する政権に対して野党・中国国民党主席の連戦は二〇〇五年四月に大陸を訪問し、胡錦濤と会談し、友好関係を演出した。

暗夜の百合の花——十七周年追悼——

一

もう十七年たってしまった
また「六・四」の忌日だ
また恐怖の暗闇が訪れた

ある若き生命が
まだ生き生きとしていたはずなのに
一瞬のうちに枯れ葉になり
早暁にきらめく露になる

ぼくはもう長い間ずっと押さえこんできたのだ
秘密の謀略と残忍な虐殺のことを
相も変わらぬ華麗なブラックホールに封印してはいるものの
目には見えぬ傷口と
突然引き裂かれた思想とが
墓の中の物語について知らせてくれる

ぼくのまなざしは傷だらけ
まっすぐに見つめることができない
いく重にも曲がりくねり
暗闇の中ではたまにきらめき
荒れ地を見通せる

二

妻の劉霞には感謝しかない
毎年「六・四」には
必ず白百合のブーケを持って帰宅する
今年は十七本
暗闇に浮かぶ白百合が
霊魂の荒野を飾る
白い百合がきらめく
ほころんだ花びらがきらめく
まっ直ぐ伸びた緑の葉がきらめく
淡い花の香りがきらめく

それは弔意であり懺悔だ
死しても閉じない瞳の
その純白に輝く光こそ
わが民族の精神の暗黒を突き破る

暗黒に閉じこめられた百合の花は
亡霊が放つ光
ぼくの魂は啓示に導かれ
母たちを見つめる
ぼくはヴィクトリア公園を見つめる
世界各地で
霊魂のために灯されたろうそくの火を見つめる

三

自由を失った日々
百合の花は暗闇へと転落したが
かえって時間は霊魂と対話をつづける
純白は霊魂のために灯された祈りの火
ぼくをじっと見つめ、熱く燃えあがらせ、明るく照らしだす

自由を渇望した人は死んだが
霊魂は抵抗のなかで生きつづけている
自由から逃避した人は生きているが
魂は恐怖のなかで死んでいる

絶対的な虚無に向きあい
野蛮な略奪に向きあい
強靭に
そして昂然と微動だにせず
心の内奥から一すじの光を取り出し
一本の道を明るく照らしている

二〇〇六年五月二四日　北京の自宅にて

あの春の霊魂——十八周年追悼——

春だというのに、大雪が積もるとは。監視され尾行される眼差しが、今夜は霊魂に遭遇する。雪の花がひらひらと墓に舞うだろうか？ぼくの雪への夢を連れていってくれるだろうか？　記念碑の斜陽を追憶することなどできはしない。あの暗闇をおおう恐怖の夜がぼくの瞳に投影しているから。ある人が言った。自由のために死ぬのは偉大であると。だけどぼくは願う。君たちは平凡に生きていってほしいと。

あの春は銃剣に驚愕させられた。突然、形相が一転して獰猛になった。生命が萌え出る季節なのに、巨大な墓を吐き出した。陽光は暖かだったのに、暗渠には氷が張っていた。血の滲んだ涙があふれ、それは砂嵐のように、吹雪のように飛び散った。

あの春は戦車のキャタピラーになぎ倒された。たとえぼくがあらゆる知恵と赤裸々な魂を捧げても、墓の高みには到達できない。

あの春は母たちの終生の痛みになった。春がめぐりくるたびに鎖に縛り付けられる。でもぼくにはわかる。春こそ、霊魂が遺してくれた遺産と試練だ。

あの春、ぼくは崩壊を願った。ぼくのひ弱な肉体と意気地のない魂なんて朝日より先にどこかに逝っちまえ！　英雄的になされたことは怖くて、自分を冒涜する力もない。封鎖された生命が空虚の中でもがく。ただ無為に煙草に火をつけるだけで、堕落の瞬間を何とか摑もうとする。邪悪な覚醒は、かつて一瞬一瞬の絶望に充満していたが、無言の春は落花し、ぼくを深淵からすくい上げようとする。

霊魂《たましい》の春が空間いっぱいに立ちこめる。春の亡霊が時間の隙間を通り抜ける。遙か遠いところからそっとぼくに呼びかけ、慰めようとする。ぼくの祈り、懺悔、ねじ曲がったあがきが、暗闇のなか逆さまにぶら下がっている。百合がおぼろげに花を開く。波間に揺れるねじ曲げられた人影となって、奇妙な姿で闇に沈む夜に近づいていく。

春の霊魂は陽の光だ。高い壁と鉄格子を通り抜けてぼくの体内に流れこむ。奥深い谷川の頑なな石だって溶かすほどに。硬い角が少しずつ滑らかになる。ナルシストは何とひ弱で、卑小で、狂躁であることか。たとえ偉大なる刻《とき》が目の前に迫っていたとしても、受けとめる力はない。ぼくの軀《からだ》の中のわずかな光でさえさっと取り出し、持って行ってしまう。ああどうかぼくのために一本の道を照らしてくれ。

霊魂の春は神で、永遠に無限をくぐり抜けていく。無数の天使に取り囲まれ、光背がまぶしくて目が眩む。燦然と輝く微笑でぼくを啓発しようとする。彼岸は遙かに遠く険しいが愚痴はこぼしたりしないよ。此岸は平凡でわずらわしいことばかりだが、ばかにしたりせず、たとえ蟻のように小さな生き物でもどうか蔑まないでやってほしい。

春の霊魂は不朽の記念碑だ。先の見えない孤独な日々にそびえ立つ。仰ぎ見ることも、追悼することも許されないが、高貴さは永遠に不滅だ。海が天へと広がっていき、天に海が広がっていくように、ぼくの霊魂に君の霊魂を広げてくれ。

霊魂の春がぼくを見守る。打ち寄せる波濤は岩石に勝る。毎年毎月毎日毎時毎秒、永遠の慰藉によって永遠の冷淡に抗う。無限の優しさで無限の頑なさを包みこむ。そうすればきっと、ある日、岩石でさえ感銘を受け、涙を流しながら割れて砕けて、大海原に流れていくにちがいない。

春の霊魂は遙かに遠く、こんなにも悠遠で、もっともっと遙かな地にあるはずなのに、逆に近づき迫ってくる。敗北を認める必要などない。十八年の歳月など言う必要はない。若き生命がなぎ倒されたあの一瞬に中国人は死んだわけで、そこには類いまれな純潔と偉大さとが現れていた。恐怖は覚醒を覆い隠すことなどできない。母親たちは無数の権利擁護者を覚醒させ、まさに霊魂をめぐる永遠につづく世の活力を証明した。

ぼくにはよくわからない。霊魂があの残忍な春を昇華させたのか、それとも残忍さそのものが春をもって霊魂を昇華させたのか。生命は瞬く間に過ぎ去るが、墓は悠久に残るものだ。臨終の遺言は青春を成就させた。ぼくは、あの春の約束を抱いて生きていきたい。

もし、ぼくが一本の煙草にすぎないなら、燃え尽きることによって約束を成就したい。

だがもし、燃え尽きてしまったら、灰となってでも約束を守るよ。

二〇〇七年六月二日　北京の自宅にて

子ども・母・春――「天安門の母たち」HP設立のために
――十九周年追悼――

一

十九年前
残忍な六月がとつぜんあなたに降りかかってきた
風はとても冷たく
雨水は砕かれた石を水浸しにし
母の心を叩きつぶした

残忍な春
芽は萌える前に萎れ
花は咲く前に腐っていく
すべての未来はやってくる前から
ことごとく徹底的に壊滅されつくした

若き遺影をじっと見つめる
一本の針が母の瞳に突き刺さり
一瞬見えなくなったけれど
その時頭にパッとひらめいた
涙は枯れ草のように
荒れた野にあってぶるぶると震えているというのに

霊魂は遙か遠い
こんなにも遠い
夜が逆さまにぶら下がっている
旗が水に投げ込まれていく
波の間に間に映るねじ曲がった影は
たちまち大地を飲みこんでいく

二

旅に出る前、子どもは約束をした
母のために六月の風を描くからね
暖かな緑の風だよ、と
なのに風を追いかける子どもが突然なぎ倒され

後頭部を銃弾が貫いた
右手は萎えてしまった
絵筆は鋼鉄に轢きつぶされた
六月の風は血の色に染まり
母の体内へと流れ込んだ

ある人が言った
自由のために死ぬのは
偉大であると
自由に殉じた子どもは
まさに神聖に近づいたと
だが母の愛はちがう
血の繋がった我が子は

平凡に生きてほしかったと

今、浪漫あふれる年齢は遠ざかっていくが
生命は廃墟の記憶に刻み込まれている

十九年だ
毎年三六五回呼びかけた
かならず帰ってきてねと
春になぎ倒された子どもは
母の眼の奥にだけ姿を刻む
お花も青草もない墓に
白髪がまとわりついている

毎晩
霊魂は母の空にそっと触れにくる
胎内で寄り添う赤ん坊のように
母の鼓動に耳を傾ける

三

霊魂の春が一帯にもうもうと立ちこめている
春の霊魂はどこでもお見通し
死は覚醒を呼び覚まし
母を絶望の淵から救い出した

彼岸は遥か遠すぎると怨むことなく

此岸は平凡だと蔑んだりしないで
生命は尊い
小さな蟻でさえ
傷つけてはいけない

いったい誰の涙が
山奥の谷川の頑なな石を貫通し
硬い角を少しずつ滑らかにしていくだろうか
まだ温かな軀《からだ》から
かぼそい光を放ち
母に一本の道を照らし出そうとする

虐殺は霊魂を昇華し

霊魂は母の愛を昇華する
そして血の繋がりを超越し
超越は頭上の太陽に高々と懸かる

四

自由を逃避した者は生きているが
魂は恐怖の中で死んでいる
自由を渇望した者は死んだが
霊魂は抵抗の中で生きている
突然引き裂かれた思想は
隠すよう指示された傷口は
長い間ずっと抑えつけられてきた声は

墓の物語を告げ知らせる
傷だらけの燭光は
霊魂の荒れ野を照射する

霊魂の眼差しは
母をじっと見つめ
母の眼差しは
切々と毎年訪れる春を見つめる
母が六月に約束したことは
影を嘆息させ
石を飛翔させる

五

若き霊魂よ
敗北だなどと嘆く必要はない
十九年の歳月はむだだと言う必要もない
母の弔意の心によって
子どもはなぎ倒された瞬間から
永遠になった

かつての熱き血潮は
今でも変わらず沸きあがってくる
断ち切れぬ燭光と暗夜は
年齢を超越し

死をも超越する
未完成の愛は
母の白髪に託したまま

若き霊魂よ
母を信じよう
母の愛は火のように熱い
たとえ消されても
灰となって約束を果たしてくれるだろう

二〇〇八年五月

獄中から霞へ

一

愛する霞、真夏の黄昏に君はきちんと座っている。ぼくには君の体内に氷が張っているのが見える。君はずっと冷たいままだ。生まれたときから、君の指は氷のようだった。

君の血液の中には雪の華がひらひらと舞っている。君は生まれる前、子宮の中で水晶か大理石だった。

初めて君の頬にキスしたとき、初めて君の手を握ったとき、君のふるえるからだの中に氷が張っているのを感じた。

絶頂の時でさえ、いつだって君のギュッと締めた足指は冷たい。

君の興奮した喘ぎには霜が降りているようだ。

君を想うときはいつも、月明かりの下で光る氷が目に浮かぶ。

かつて夫を裏切った女は邂逅に憧れていた。だがそれが訪れた瞬間、それは極めて俗っぽい密会になってしまうだろう。隔てられた二人という悲愴な美は放蕩のために光彩も重みも失っていた。

花柄の洋服をなくした女の子である君は母を憎んでいた。自分の乳房が小さかったので、母と同じ布団に入るのがこわかった。母が革命的であることをなおさら憎んだ。外祖父の「歴史反革命」の罪を贖うため、子どもに対して定期的に思想会議を開かせ、「憶苦飯」を食べさせた。母は君のパンティを脱がせ、まだ初潮のない外陰部をのぞき、処女かどうかをチェックした。学校の担任が定期的に君の魂をチェックするのと同じように。

君が母を憎んだのは、会ったことのない外祖父のためだった。彼は五・四運動の学生英雄だったのに、共産党政権下で獄死を遂げた。彼には四人の娘と一人の息子がいたのに、誰も火葬場で見送らなかった。

それで君は母のようにはなるまいと心に決めた。

憶えているかい？　ある日、バーで、煙がゆらゆら立ちのぼるなか、ぼくがビールのグラスに透明な氷を入れると泡がパッと出たことを。一口飲むと、口あたりが薄絹のような涼しさで、なんだか君の小指をくわえているような気分がしたよ。

君は高原が好きだ。独りルンタの下で日なたぼっこをするのが好きだ。獰猛な山の石、勇猛なカムパ（カムの男）は陽の光を浴び全身からセクシーな魅力を放っている。臙脂色の影はひたすら太陽の神殿に向かい、五体投地で進んでいく。山頂の氷雪は溶けつづけると谷川の清流に合流する。君の軀の中の氷が溶けてぼくの中を貫流しつづけると、焼けつくような熱血に合流して、孤独な君は高揚した気分にさせられる。

君にまつわる記憶はいつも氷雪と縁が深いことだ。過ぎ去った歳月は凍てつくあまりに裂けてしまう大地のようだ。
ぼくは君のまなざしを熟知している。雪の華が厳冬を熟知し、晩秋の月がぼくの夢を熟知しているのと同じように。
君の軀《からだ》に潜入すると命運の暗い影が剝落し、氷雪の中に少しずつ凝固していくのがわかる。

愛する霞、君の一生はとても冷たい。ぼくには、この氷のように冷たい生命の意味がわかっているよ！

一九九七年七月十四日

二

あの離別の朝、陽光はきらめいていた。徹夜しては昼に起きるぼくには、暗く怪しい予感があった。

何も意識していない空白の中で、ぼくたちはドアのノックに目が覚めた。二人の顔なじみの警官が入口に立っていた。君は覚悟していたが、突然の災厄で朝の夢が打ち砕かれ、恐怖と混乱で激痛に襲われた君は手をふって別れる気力もなかった。ただ先の見えない苦しみに耐えて待ちつづけるしかなかった。

頑なに内なる心を守り抜くのだ。一匹の虫が庭を守るように。そこでは一枚の枯れ葉が陽光の下で色とりどりに咲き誇る花にも優る。一本の雑草がネオンの下の美男美女に引けをとらないように。時折、別世界の流星が君の不眠の瞳を滑空する。暗澹たる紫の光。夢の中では鼠にヒラヒラと翼が生える。

一行の詩で孤独を守り、歓楽の闖入を押しとどめる。傷口の吟詠はまるで風に舞う落ち葉だ。

シルヴィア・プラスはテッド・ヒューズにほめ殺しにされた。優美な韻律が殺人の凶器となったとでもいうのだろうか？

黒は君だ。孤高は君だ。絢爛たる誘惑などでは決して堕落しない。もしかしたら、そのひ弱な軀《からだ》が外の世界の争いごとに耐えられないのかもしれない。もしかしたら、エミリー・ブロンテの激情に浸って目覚めようなどと思わないのかもしれない。エミリーは肉体の情愛がなかった乙女で、内心の狂暴な激情の中で長く眠っている人だったからだ。だが君はかくも自由奔放で、かくも用心深い。

君の庭には余計なご挨拶や精神的な食客は立ち入らせてもらえない。素朴な野草なんかでは、咲き乱れる花々に太刀打ちできないから。

このように待って、待って、待ちわびていよう。灰燼に寄り添っていよう。少しずつ少しずつこのちっぽけな空間を耕しながら。このように、荒涼を仲間とし、虚無と交流し、独り寂しく酔いどれてマルグリット・デュラスを夜も眠らず読みふける。

酒に酩酊した女に未来はないが、いったい彼女に未来は必要なのだろうか？


毎日、岩石の下に埋まっている蟻の穴を掘りつづけ、夢の世界を独り彷徨うヤモリを期待し、致命的な秘密を探す。待ち望むこと、これは自分を空っぽにして期待すること、堅持することにほかならない。極めて純粋でこの上ない品性だと言える。

ぼくが曳いている一本の影は君の小さな手や足を呑み込んでしまう。ぼくが見つめる一筋の燭光は君の卑小な欲望を透徹した。音程の狂ったぼくのメロディーは終わらないうちにもう始まっている。

君を思えば思うほど言葉が出てこなくなる。一字一字が霊魂に通じているから。

こうして霊魂を守りながら、鉄格子の中で君のたよりを待っている。霊魂と徹夜で語りあうために煙草と酒、詩句を準備する。

遠くから君を眺める。何もさえぎるもののない星々のように、雲や霧で飾るのはごめんだ。孤島で生まれた君は、そこから孤独が始まった。

今、何をしている？　また自分の漢方薬を調合しているのかい？

一九九七年七月十五日

三

いつもの心臓にさし込む痛み、遙か彼方への漂泊、ほのかな灯りと大量の睡眠薬、消滅の前の一瞬に飾り気のない物語が照らし出される。苦悩の囚人は独り死してなお罪を償いきれない。死して初めて虚無の中で生きられる。

信念を捨て去ることなどいともたやすく、またとてもかんたん。流行遅れの帽子や手袋をバスに忘れるようなもの。寒風に襲われたとき防寒の備えがなかったことなどすぐに忘れてしまう。

薔薇の花束はビニールのテープでがんじがらめだ。凡庸な詩人たちのように安らかに横たわっている。さもなければ、花と女なんていう最低で卑俗な比喩にはならない。

一匹の猫が君を尾行する。君が月光に「どうしてなの?」と尋ねると、「肉体が生臭さを発散しているからさ」と月明かりが答える。

いつも生命の弦が突然ぐにゃりと弛む崩壊の予感がする。山が崩れ、大地が裂けるという自然現象よりずっとたやすい。いかなる代償も払わず、どのような後悔もなく、ただ軀《からだ》の向きを変えるだけですべてが終わる。後遺症なんてない。もうまったく関係ない。そうさ、裏切り者、薄情者、みんな悠然とこの世の辛酸を舐めていられる。

もし、その瞬間を持ちこたえられず、ついに屈してしまうならば、たとえ長い余生で罪を償っても、再び生命に意義をもたらすことはできない。生涯かけて守り抜いたものが一瞬で瓦解する。驚嘆や哀惜にも値しない。

この脆弱な一瞬が崩れ去るとすれば、堅持する奇跡も破綻する。

有意義に生きるのは容易ではなく、虚無に生きるのはなおさら難しい。生命の根源には有意義な種子が埋めこまれているからだ。生の奥深い虚無主義者であればみな生きる根源を探し求める。ニーチェ的な神の冒涜、カフカ的な敗北、カミュ的な反抗、フーコー的な転倒もそうだ。シシュポスの神話には、神の下すあらゆる宿命が凝縮されている。岩石を山に押し上げても、またすぐ転がり落ちてしまうという徒労の繰り返し。そこには虚無ではなく充実がある。それは極めて広々とした空間、この空間を超越する時間を結晶化した永遠を象徴し、後世に伝えている。

四

時間が停滞してしまう。ぼくは尽きることのない空間から追い払われ、絶壁から深淵に落ちていくようだ。足もとには虚無があり、頭上には万有があり、両者が押し合いへし合い——歌声さえも押し合いへし合い——ぼくは平々凡々なもつれ合いを受け入れなければならない。

思想家は呑んだくれだ。知恵の創造など、飲んだくれが寒い夜にぐっすり眠るも同然。翌朝、朝日が昇らなければ、偉大な思想が誕生するのに。

黄昏がしなやかに落下する。窓辺の夕陽はまだ明るく、恋人はのんびりと散歩し、ふと漏らすため息は重苦しい。ぼくは煙になり、朦朧と立ち籠める中でねじれたり曲がったりをくりかえしながら上昇しては消える。影は見えず、髪の毛の匂いは嗅げないが、相変わらず鼻息は荒い。

祈りたい。この暗い星空の夜に。だが、ぼくには信仰も神もない。あるのはか細い燭光だけ。ぼくなど徹底的な壊滅の後の廃墟のようなもの。天と地の間、陰と陽が急カーブで交錯するところに立っている。

空無は部屋の壁に置かれた柱時計で、いつもまちがえた時間を一分一秒正確に取り戻してくれる。ぼくは肉体に魂を放棄させた。精神など肉体の虚栄を維持する瞬間に存在すればいいだけで、せいぜい遠くから思想の破片を観察できるくらいのものだ。

真のバベルの塔はすでに倒壊したが、幻想のバベルの塔は永遠にそびえ立つ。そうでなければ表現もできないし、コミュニケーションもとれない。

沈黙、それは豊穣な時の流れだ。また同時に無一物の言葉にすぎない。一日、一年、一生、沈黙する。追憶は不治の病になり、反省はがんになる。ぼくは苦難の名のもとでは栄誉や寛恕を求めることなどできない。

ぼくは狂気じみたスローガンの中で成長したので、繊細で優しいプライベートな言葉を使う習慣はなく、理解できない。

「青春残酷物語」は日本の小説のタイトルのようだけど、動物の青春は必ず残酷だということでもないし、落ち葉だって永遠さ。

許してくれ！　ぼくは情けない人間なんだ。

一九九七年七月十七日

五

夜空の星々を集めて君の名前を組み立てるには、暗闇に眼を慣らさなければならない。逆に陽光の下では眼をしっかりと閉じていなければならない。手が震える時には震えるままにしておくしかない。夢の世界から出たら目覚めなければならない。冬は鴉を憐れだと感じなければならない。ぐっと涙を呑み込んで自我を放逐しなければならない。

君の幻想から伸び出した樹の枝に三羽の赤い鳥が生息している。その影や姿を君はよく知っている。もしかして君は一本の止まり木なのか？　木陰をつくるだけでなく、枯れ枝になっても霜を防ぎ、か弱い生命を守っているのか？　暗夜では露さえも吸収する。ぼくは清冽な雨だれの中にたたずみ君の寝姿を鑑賞する。

君は眼を軽く閉じ、まつげにはチャーミングな安らぎがただよう。ゆっくりと起伏する呼吸から君の香りがぼくの周りに広がる。

立ちこめた君の香りの中でぼくは始める。

指を切り、血を墨に溶かし、そのどす黒い赤で斑竹を生長させる。

これはぼくがずっと君に寄り添うことで得られる慰めだ。

だが残念なことに君の名前はぼくの筆先をくぐり抜け、なんの痕跡も残さなかった。がまんしてほしい。君には島々が上昇し、時間の曲線に沿って広がるのが見えるだろう。

春がやってきて、蠢動する。愛欲の矢が硬直した太陽を射抜く。

その小さな手を差し伸べてくれ。いっしょに井戸を掘ろう。小さな足を差し出してくれ。「嵐が丘」へと向かうために。君の瞳の中の荒涼たる風景を見せてくれ。頑なな石の隙間に落ちた白髪を探さなければならないのだ。

ぼくが帰らぬ人となったときは、一杯の酒を大海原にこぼしてくれ。太陽は酔っぱらい、サンゴには君の名前が鈴なりになるだろう。君の足の下でぼくの墓は微笑む。よく知っている君の声が枯れた骨の中ですっくと立ちあがる。

無数の天使に姦淫された天空では、放蕩は君の祈りのようだ。まさにその時、君はもう何も願わない。空無に戻り、母の膣の裏に戻り、そこから出ることを拒絶し、大声で泣き叫ぶ。

一九九七年七月二十二日

六

許してくれ。面と向かって顔を見たのに、君がわからなかった。記憶の中では、君の面影は湖のように山々の間で安らかに落ち着いている。実体はなく、ただ静寂があるだけだった。そこには城の中の暖炉の炎と骸骨が映っていた。天からの宝剣がまっ直ぐ湖底に突き刺さり、そこからあふれ出た家族の秘密が血を流しつづけた。

ぼくは一匹の魚で、黎明の湖水を漫遊し、色とりどりの岩の間を徘徊する。ぼくは絶えず自問をつづける。孤独な湖はなぜこんなに澄みきっているのだろう？　これは真実の存在だろうか？　それとも魚になってしまったぼくの幻想か？　ぼくの思想の廃墟には、このように麗しい光景などなかったはずだ。良心犯の良心が狼に食いちぎられるのを、取り囲む犬どもは大喜びで吠えまくる。奴隷の戦いを楽しむ貴婦人の甲高い叫びと同じだ。

境界線と曲線は生まれながらの姉妹かもしれない。月光が大地に描いた影がこの湖をつくり、ある男の誕生と命運を支配した。さざ波も月影もなく、ぼくは沈んだ影と交信できない。

霊魂には枯れ草のささやく言葉と風の音しか聞こえない。幽霊は生きている人間の喧騒に耐えなければならない。

イエスの愛は何といっても墓にあり、その下には傷つけられた肉と流れ出た血とがある。塩は海の精子で、メロディーもなく蠕動し、絶望の筆で湖面に晦渋な詩を書く。ぼくの心は砂浜で、海水も陽光も留められない。砂礫の思惟には角がなく、意志は柔らかで、藻のように揺らめき、流れるままに動く以外にいかなる行動も決断もできはしない。

夜がふところを開き、ぼくに満天の星々とコバルトブルーの炎を与え、時間の影を明るく照らす。いつの日か、地球には火星のように一滴の水もなくなるにちがいないが、だからこそ宇宙は君の瞳となって一滴の涙に凝固するのだろうか？

太陽の裏側で、肉体と目が廉価な取り引きをしている。

ぼくは死んでしまっても、心は生きている。むだに飛び跳ね、さらに残酷な試練や苦難を経験し、徹底的に見捨てられる運命をも耐え忍ばねばならない。記憶は荒れ果て、大脳には痛みを伝える神経は残っていない。ぼくの夢は雨後の大地、睾丸に閉じ込められたインポテンツの精子で、じとじとした腐臭を放っている。

人と石の祖先は共通している。見知らぬ目が体内から外を眺める。いったい何が見えるのか？　殺戮の他には詐欺、詐欺の他には破廉恥かい。

哲学者は殺される寸前の羊に身を捧げて説教し、正義を論証し、不朽を預言する。科学者は実験用のマウスに倫理道徳の起源を講釈し、科学のために生涯を捧げる高尚さを論証する。

生命あるものが祭りに捧げる生け贄とされるのはいつも必要だ。この類いの物語は昔から今まで繰り返されてきた。ただ何人かの虚栄心と残忍さを満足させるためだけに。

だが、何といっても死んでしまったことは死んでしまったことなのだ。

過ぎてなくても起きてしまったことなのだ。

広い光に閃く屍体に塩の粒が沈殿し、
黒い幽霊にも塩の粒が沈殿し、
紺碧の海には塩がない。
石に薔薇の花が咲き乱れ、

発情した犬がぎらぎらした目つきで、
ぼくを睨みつけている。

一九九七年七月二十四日

七

すべての言葉には足がついていて、君を見知らぬ土地に連れていく。高くそびえるオリーブの樹は風に呼びかけ、君の眼差しを通して春の生長をふるいにかける。足は孤独だ。泥土の中の霊魂も孤独だ。言葉が君を遠方に連れていくならなおさら孤独だ。
すべての言葉に声がある。遠くまで歌を届けるために声をはりあげる。頌歌もあれば、戯れ歌もある。君がメロディーを聴く前に、字画は消されてしまった。天空はまことに純真で、肉体で稼ぐ女のようだ。肉体を物欲の対象とすることは、少女を精神化するよりも純真な行為だ。

すべての言葉に手がついていて、君が酒杯を持ちあげるのを助けてくれる。透徹しているが、見通すことはできない。アルコールが君の頬まで沸き上がると指がふるえる。世界が逆さまになって哭いている。

うす暗い嵐が酒の臭いと嘔吐をばらまいている。〇時十五分三十八秒、精密な酔態だ。今夜、ぼくが支えなくても君は家に帰れる。霊魂に記憶の落ち葉があるように。

すべての言葉に始まりがある。言葉は泥土でつくられ、黒光りする字画と金色の発音が神の天地創造の物語を延々と叙述していく。光あれ、いのちあれ。神聖もまた泥土から現れたはず。石にも魂があるからだ。祈ろう、卑小な人間よ。君たちの傲慢と狂妄のために。

すべての言葉には終わりがある。言葉の墓は目に見えない。復活のとき、裸の女が裸の男に微笑む。知恵の木はとっくに年をとり、もはや陰謀も詭計もはかれなくなった。人類の始祖を引きずり込んだ蛇は永遠の冬眠に入っていく。神は歯が抜け落ち、命じる声は明瞭ではなくなり、誰も聞きとれなくなった。かくして世界への門が混乱の中に開かれ、ぼくらのために復活祭の鐘が鳴らされる。

愛する霞、君は一つの言葉で、ぼくも一つの言葉だ。君とぼくが合わされば両手両足両目両耳、一つの穴と一つの棒。男根と女陰でぼくの精液と君の経血が溶け合うのは、まさに息が空気に溶けていくのと同じだ。君は眼光でぼくは声だ。色彩と音声は君から始まり、ぼくで終わる。完璧な運命だよ。そうだろう？

どれほどの骨、それほどの肉、どれほどの血を、ぼくらは造りあげられるだろうか？　肉体が魂の牢獄だとすれば、魂は肉体の煉獄だ。魂の上昇と肉体の下降とのバランスがとれるのは、月光で太陽を明るく照らそうとするような妄想だ。自由な時は夢想ではなく、夢想の前で、石ころによって夢を構築しようとすると、夢は石ころさえ打ち砕くことができる。
遙か向うに広がる海水は涸れては漲り、漲っては涸れ、巡りつづける。ぼくらが創造したのはただの霧、その霧の中の朦朧とした激情だ。

黒髪を短く切っても、苦痛は少しも短くはならない。白髪が増えても、青春は色あせない。君は魚の舌と雨の肌で海中のコバルトブルーを舐める。どうだい、奇妙な味だろう?

一九九七年七月三十日

八

ぼくは君の肌にぴたっと貼りついた、小雨に濡れてびしょびしょになった石ころ。鉄格子の中の陰鬱な正午になると君の冷たい肌の下で綻び開く。君は一艘の赤いヨットに乗り、ぼくの瞳の奥底に停泊している。たとえ死の海が大波を巻き上げたとしても、ぼくたちはしっかりと立ちつくす。

草原の風や陽光は深酒で、そのセクシーな醜態はぞんざいな楽譜のようだ。調子のはずれた一曲の歌は、耳の聞こえぬベートーベンが傾聴した天空の交響曲にちがいない。

惜しいことに、記憶にある雨の日はわずかしかない。雨だったとしてもぼくたちは傘をささなくてよかった。小島の幻想、あるいは北方の原野の夏は、独特の探り方によってぼくたちが近くで見つめ合う、その距離を腐食しようとする。

父は黙りこみ、母は急にすすり泣く。兄は日増しに毛が抜ける。君だけが何とか頑張っている。その微笑みは硬直した時間さえ押し流す。

人間とは脆いものだ。ぼくは君の蒼白い笑顔を見たくてたまらない。君の黒白を明確に区別する両足はなにがあろうとぼくに向かってくる。肉に根を張るイメージは植物の生命力より長持ちする。

愛する霞、ぼくたちはおとぎ話なんかで牢獄を語るべきではない。言葉で恋慕を訴えるより肉体と肉体で約束を果たそう。生殖器による誓願は言葉よりもずっと深く骨の随までも入り込む。

ぼくは、精神では君の体温を感じにくいが、幻想では君のからだのぬくもりに入り込んでいるから、いつでもどこでも君を感じていられる。君のふさがらない傷口はすべて永遠にぼくに向って開け放たれている。夢の中の絶叫はぼくの孤独なマスターベーションだ。

この世界はぼくたちから遠く離れている。刑務官たちの微笑はヤスリのように骨を削る。老いた花嫁である君は、港に向かう船ではなく、帰宅しようとする岩礁だ。

岩礁の欲望は黎明であり、また発端でもある。寒さがぼくらを包みこむと、燭台の炎が揺らめいているように思える。果てしない地平線にたどりついた君は、湾曲の裏側で忘却された一篇の詩《ポエム》に出会う。恋人であり、妻でもある君、瀕死の暗い影のような君、一人の素裸の女性、生き抜くためには十字架に鮮血を捧げなければならないと信じる君。

ぼくの中に入り、遠く離れたところまで連れていってくれ。世界の外にはまだ開かれたドアがあるだろうか?

激情は背中に取り憑く影だ。逆光はいつも眩《まばゆ》い。隠されたことは消えたことにはならない。もう君はぼくの体内にいる。

君とぼくの間にはリルケ、ツベターエワがいる。

ぼくは大海原が憎い。——果てしなく広くて歩けない。

君が去った後に、純朴な言葉が一つだけ残っている。

一九九七年七月三十一日

「赤子心」の表紙（王東成氏提供）

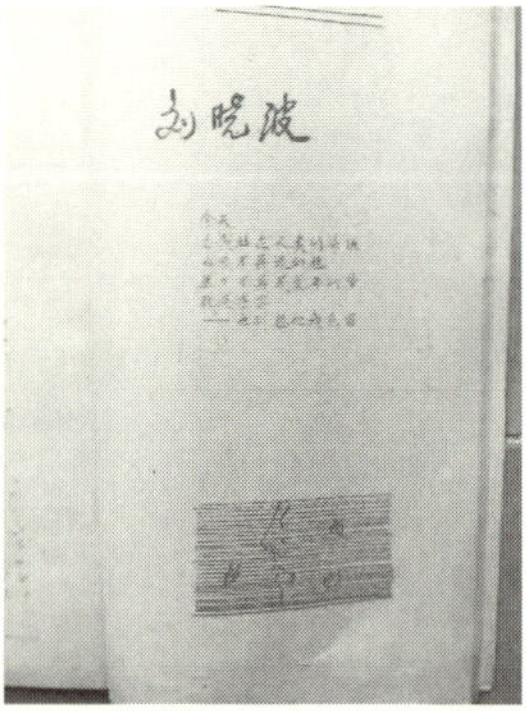

「赤子心」に掲載した作品

大学のサークル赤子心

劉暁波、丁子霖、蒋培坤（北京にて）

独り大海原にむかって

劉霞作品

独り大海原に向かって

一

海辺に立つ。たった独りで。

遥か遠くまで見渡せる大海原に向かうと、虫けらのように小さく、風に吹き飛ばされてしまうかと、絶望の淵に落ちこんでしまいそうになる。ぼくの声がいかに大きくても、冷漠たる海に次第に消えていきそうで。細くたちのぼる煙も、ふうとつくため息も。目覚めたときの後味の悪い夢のよう。

ぼくはマゾヒストだ。しきりに痙攣する魂が、何一つ拒むもののない波のように、青空の下を乱舞する。ぼくは殉難を覚悟しあふれでる熱気で深淵に沈んだ魂を救おうとするのだが、その魂は相変わらず混沌として、不潔で、卑俗だ。退屈に倦む二人の女が、夫のことや、子どものこと、浮気などについておしゃべりしているようなもの。

ぼくは認めるしかない。世界は美しいと。なかでも海は美そのもの。美とは、髪をいじりながら危うげなふるまいで身も心も誘惑しようとする薄っぺらな媚態。

音とはつかの間に過ぎ去るもの。だが、視線は永遠にここに留まったまま。ぼくは頭をあげ、海面を見つめる。陽光が波間をキラキラと飛びはね、喝采の嵐がわきおこるロックコンサートのようだ。海鳥の鳴き声が水面をかすめ飛ぶ。一艘のヨットが水平線を軽やかに滑っていく。ぼくの視線は幾重にもあふれかえり華やかに飾りたてられ、まるで今にも出産を迎えそうな女のように満ちたりている。

海鳥の翼によって揺らめく光と、白い帆に屈折する光が呼応し、互いに慕いあい、青空へと乱反射しながら昇っていく。不可思議な藍《ブルー》、峻しい高《ハイト》。

だが、空虚さだけは拭い去れない。目の前の光景はどれもぼくの貪欲さを満足させてはくれない。だから、次々に現れても残酷なだけだ。ぼくにとって、海と空との間は空虚そのもの。視線は瞬く間に無限の彼方へと消えていく。

遙か遠く、どこまでも遠く。子どものころ、遙かに遠いところの遙かに遠い物語を聞いたことがある。ぼくは、遙か遠い幼年時代を、遙か遠い過去を思い、時折ため息をつく。今、そうまさに今、ぼくの声も視線も遙か遠くに呑まれていく。やっと夢から覚めたのだ。「遙か遠く」という言葉に内包された憧憬、戦慄、そこから生まれる無惨を初めて知った。

それは一種形而上学的で捉えどころのない空。触れえぬ体験。宗教的な神秘に近く、瞑想、敬虔、懺悔からはほど遠い。それは非人類的な企てで、望むこともかなわず、望んでもかなえられない。「遥か遠く」は神であり、果てなく広がる漆黒の闇夜だ。

遥か遠くを思うと、音が聞こえてくる。それは宇宙の幾重もの壁を刺し貫き、すぐにぼくの生命《いのち》を射止めようとする音がしてやっと一息つき、まだ生きているのを確かめる。黄昏時の暗褐色に溶けながら生きていることを。

残照がこの世界に送る最後のまなざし。

静かに沈んでいく祈りの金色《こんじき》の残滓。

死に痛みは残らない。ただ紛うことなき暗黒のみ。

ぼくは思わずおののく。人は言う。喜びは一瞬にして過ぎ去り、幸せは長く続かないと。だが、痛みは永遠だ。痛みこそが生命であり、それが生きるということだ。

でも、ぼくにとっては痛みも束の間。とりわけ愛の痛みは。時折、肝に銘じ、骨に刻み、ため息をつく。けれど、それは決して永遠ではない。

愛の喜びは煙のように去っていく。愛の痛みもそうなのだろうか？　愛の痛みによって心にひそむ思いを永遠に凍結させる。でも、そんなことができるだろうか？　痛みがひとたび消え去ると、生命が完結し、生命を繋ぐ愛も壊れるのだろうか？

もしそうなら、ぼくは刻々と痛みを追い求めていたい。永遠の愛のために。

けれど、痛みもまた、この海鳴りの中に消え去るだろう。

海辺に立ち尽くす。それは自ら一切を放棄すること。意味もなく、虚しく、孤絶し、見捨てられたまま……とても致命的だ。究極の生命の体験で、痛みが感じられないから。平気、平気、何でもないさ、成りゆきまかせさ、と。

海は不遜にこの世を嗤いながら永遠に、果てなく、無限に、そこにある。

二

ぼくは独り、たった独りで海辺にたっている。

ぼくは自分の孤独を憐れむ。弱虫のぼくは自分の傷を自ら責めながら舐める。海の純粋な浄化作用を思い、海に包まれ温かく癒やされることを願う。昔から人は言う。大海原は魂の痛みを癒し、海のふところに抱かれるのは家に帰ることと同じだ、と。人は海から来て、海に帰るからだ。

だが、果たしてそうだろうか？　ぼくには海の言葉も表情もわからない。逆巻く怒濤が歓喜の愛撫か、憤怒の怒号か、わからない。海に身を投げ、あっという間に消え去ることは、魂の帰郷か？　死後、親族に海洋散骨を頼むのは、広く大きな心の証か？　それとも細胞に深く浸透して絶えることのない欲望のためか？　いまわの際にあがくのは、生命が無限の海に続いているため、死んでも名声や富を棄てないためだ。

海はのっぺりした顔つきをしていてその表情は永遠に変わらない。稀に筋肉が痙攣することはあるけれど。永遠に止まらないのが蠕動。かすかな反復を止めないのは底知れない企みを奥深く隠しているからだ。

海には愛も憐憫もない。海は広いが空虚で、陽光の下の変幻はあざとい。岩礁に打ち砕かれる波しぶきは虚しい殉難の激しさを表すがどれほど粉々になろうと、海が失うものはない。

海はかくも凡庸で残酷だ。人は多感であろうとして自らを駆り立て、海を愛し、美しい言葉をあふれるように書き、数えきれぬほどシャッターを切り、海を讃える。それは、自らが高貴で純粋で超越していることを誇示したいからだ。

だが、海は人間の激情がどこから来るのか、には、とんとおかまいなしだ。人が苦境にあって、もがこうがどうしようがまったく無関心。未来永劫、自分だけを顧みて蠕動を繰り返すだけ。これっぽっちの気遣いも見せてくれない。

海が最もやさしくなるのは、投身自殺の時。海は自死を止めることもしないし、救いもしない。おびただしい数の死者をふところに包みこむ。たとえ人類全体が集団自殺しても、海は地獄の門を開いてみせる。

海を生涯ずっと漂泊し続ける水夫にも、水浴を楽しむ旅人にも、海はいつも氷のように冷ややかだ。いかなる邂逅の歓喜にも離別の悲しみや情けにもそして憎しみにも動じはしない。人はどんな困難に宙づりにされても、その広さを狭め、深さを浅くし、冷たさを緩めることなどしない。人類の魂への脅威を弱めはしない。

人が海で溺れるとき、救いは、結局、沈んでいく一本のわらをつかむことでしかないが、そこでも、海は皮肉や嘲笑を浴びせるチャンスを逃がしはしない。

三

海岸に沿って、ぼくはゆっくりとひたすら歩き続ける。寒風が吹きすさび、炎のかたまりになって肌を刺す。足跡は次第に海水に呑み込まれていき、もうぼくのものではなくなっていく。

ぼくには歴史がない。何のよりどころもない。魂の孤独はまちがいなく、孤独は生き生きと息づいているが、老いと衰えが忍びよる。老いは、衰えは、波濤の上で、酔いつぶれるまで呑んだ酔いどれの狂気は死を壮麗に輝かせ、夜の帳に粛然と襟を正す。

海上には夕陽の最後の残光が一筋さまよっている。憔悴した光線が迷いながら海面を徘徊し、ゆっくりと霧のようにかすんでいく。ぼくが対峙しているのはもう海ではなく冷ややかな荒涼だ。どうしようもないうぬぼれだ。

自分の存在と力量を実証しようと思うなら、ただ海岸を歩きまわったり、立ちつくしてみるだけでは意味がない。海に入らなければならないからだ。塩辛い海水が皮膚に浸入してくると抗いようのない偉大な自然が、ぼくに乱暴に揺さぶりをかけ、お前はまだ存在し、生きて、冒険を渇望するようにと激しく求めてくる。ぼくは前進し、浅瀬からどんどん深く入っていき、どこまでも挑戦する。海水がぼくの軀《からだ》を抱きしめる。柔らかい感覚が鋭利から生硬に変わっていく。海が深くなればなるほど、生命の卑小さと脆弱さを感じさせられる。大海原への挑戦など無意味だ。呑み込まれ、懸命にもがいても、やはりそれは慰めでしかない。生命が滅び去っても海の蠕動は止められない。海水は絶えず押し寄せ、足、膝、腰、胸、首……まで沈めてしまう。塩辛い海水が唇を濡らしたとたん、ぼくは本能的な恐怖で立ちすくむ。カントは言った。人間は無限に直面し、畏怖を感じると崇高な感情が自然に湧きあがるものだと。だが、ぼくに言わせれば、カントは自然の無限の威力をわかっていない。崇高な感情は単なる精神的な虚構にすぎないのだから。生命の危険が実際にそこに現れたとき、肉体は打ち震え、どんなに意志を堅持しようとしても撃破される。

それにもかかわらず、いかなる致命的な呼びかけであっても、ぼくは導かれ、たとえ生命を代償にしろと言われても前進することを待ち望むだろう。けれど、生命とはいったい何だというのか？　生命を犠牲にすれば、それがとりもなおさず崇高だということになるのだろうか？　おい、お前、自分をあまりにも飾りすぎじゃないか。

自分を何様だと思っているんだ？　生命を計算することなどできると思っているのか？　生命を献げることは崇高と言えるか？　人間とはあまりにも自分を飾るものだ。茫々たる宇宙で時々刻々、どれほどの生命が黙々と消え去っていくことか。ただ人類だけが、愛によって正義や献身、崇高で、自分が貴いことを証明しようとする。だが、大海原は人間など宇宙の最高価値だと思ってもない。シェークスピアでさえ、人間を万物の精華と礼賛する資格はない。

ぼくは後ずさりする。岸は安全で、ぼくを抱きかかえてくれる。両足をしっかりと踏みしめられる土地、放蕩息子の帰れる親のいるところだから。

後退は仮そめの生き方というが、ぼくはこのようにしかできない。無限大へは屈服しかないと、素直に認める。

ぼくは前進する。海は危険だ。それは宇宙における最大の墓場だ。

きれいな花も緑の草もない墓地。

だが、これは闘いだ。ただ絶望的に死に向かいながらももがくための。

海へと華々しく沈んでいくのは単なる自画自賛の欺瞞にしかならない。茫漠と広がる星空を眺め宇宙の神秘に感嘆するのはせいぜい多感な者の自作自演だ。孤高だと自認する者は必ずみな、海が人間に仕掛けた苦境の中で進退窮まり、途方に暮れることになる。

臆病なやつだと唾棄されたくはない。命がけの冒険にすべてを賭けたくもない。どうすればいいのだろう？　国難を救うために馳せ参じる勇姿で直立不動のままというパフォーマンスしかできない。

海辺に立ち尽くす人間は、破廉恥で空っぽの抜け殻だ。大海原に向かい意気揚々、豪快に偉大な志を並べ立てる。だが、目の奥には優雅な絶望が浸透し、口もとには薄ら笑いさえ浮かぶ。苦渋の海水の中では、信念も、いかに生きるかも、どこかに吹っ飛んでしまう。

海は奔放で赤裸々で血まみれの音楽。飢えに渇く人々の魂に満ちあふれている。こんな音楽の抒情をもたらすのは際限のない虚飾と欺瞞。野蛮なハーモニーで力を充たし、鎮魂らしい速度で打っては撫でて人を動かす。まさに没落の音楽。

だが人類はこれを「文明」と名付け、広大無辺の、知と霊と美の化身として崇める。そして「神聖」と名づける。

何という破廉恥!

四

思想が入り乱れている。秋風に吹き落とされる枯れ葉のように、瑞々しさを失い、干からびた繊維だらけの。

そんなもの、一つに集めてマッチで火をつけよう。すると腐りきった気分から生き生きとした記憶が呼び覚まされる。ふとピアノの音が遥か遠くの海から聞こえてくる。月光の下で冷たく光る小船のように。

それは「遥か昔の」旋律《メロディー》。誰が弾いているのだろう？　君だろうか？　ピアノで何を呼び覚ますのだろうか？　ぼくを絶望の淵から引きあげ、生きようとする希望を抱かせ、現実を、官能を、愛の痛みを、取り戻せていない一切の思いを希求させるのだろうか？

曲の旋律から一人の、生き生きとした女《ひと》が現れた。君の軀《からだ》に満ちあふれる情熱が、ぼくの心に巣食う恐怖の影を打ち砕いた。君は微笑みながら、ぼくに呼びかける。何としなやかで美しいぬくもりのある声だろう！　ぼくは地獄から引き出され、息を吹き返した。ぼくの呼吸に歓喜、哀愁、緊張、期待が浸透した。

君はぼくの暗黒の暮らしに射し込むたった一つの小さな光の孔。君がぼくの名前を呼ぶ声が絶えず胸に響いている。君のそばには一羽の小鳥も、一本の青草もなく、ただ冷たい石があるだけ。君は冷漠な神秘の力を美的に昇華し、いかに生き、いかに死ぬかを、そして愛の真意とを教えてくれた。

君のふところに横たわり、君のなかの冷たく澄んだ、いかなるものにも打ち砕かれない強いものにやさしく撫でさすられ、ぼくは初めて愛の冷厳さを知った。それからぼくは甦り、また灰燼《ほこり》と化した。

ぼくは誓う。もし幸いに君と再会できたら、きっと死ぬほど君を抱きしめるだろう。氷のように冷たい愛撫にずっと浸ったとしても、寒い光から生まれ出る愛は決して震えない。愛のために流れる涙はもう悲しみではない。

ささやき、見つめあい、キスし、愛撫する間に凍って裂けた痕ができる。愛のうめきは果てしなく氷河へと広がっていく。

かつてぼくは一頭の野獣、堕落の網に落ちた一匹の蝿だった。あたりは薄暗い死の静けさに覆われ、無数の蜘蛛がぼくに襲いかかってきた。ぼくのもがきは明らかに荒唐無稽で、笑止千万。ぼくは、救いがたいジレンマに陥っているのだとはっきりわかったとき、さっさとすべての欲望を冷漠、苦痛、恥辱とともに断ち切るべきだった。

やはり家に帰ろう。海はぼくのものではない。狭苦しい空間に身を隠し、温かな布団にくるまり、俗世と争わず、平穏な日々を過ごそう。そこにこそ美と奇跡があり、人間の本性にふさわしい。

だが、どういうわけか自分にもわからないが、世事に対して超然とすることなど退屈で平凡で、いやなのだ。むしろ険しく、苦痛に満ちて、致命的な刺激のある生き方しかぼくにはできない。ちょっと考えられないほどの残忍な屈辱を耐え忍ばなければ、退屈な平穏など考えられない。

ぼくは思想と実践を次々に想像する。幻想的で夢みるような世界を揺り動かす野蛮な激情を渇望する。天と地が暗黒に覆われるときにぼくが燦然と輝くというファンタジー。ぼくは何もかも打ち砕くような慾望に支配され、最後に自分を破滅させたいのだ。

夜が静かに深まる。寒風と氷雨に逆らい、ぼくはがらんとした大通りを自転車で疾走する。飢えた者のように、渇望する者のように、酔いしれて、夢みるように、孤独で自由な空気を吸い込む。

両目で中央の白線を見つめ、両手でハンドルをギュッと握りしめ、全神経を集中させて白い中央ラインからはずれないように走る。薄暗い街灯の映し出すぼくの影は長くなったと思ったとたんまた、短くなる。精霊が軀《からだ》の孔から抜け出し、ずっと付き添い、いっしょにダンスしてくれているようだ。陰気な幽霊が前後左右を徘徊する。夜空の星明かりは掠れた琴の音のように、とぎれとぎれにまとわりついてくる。

鏡のような闇夜は、ぼく自身の魂をくっきりと映し出す。それは三角形で、その思想や感情に近づこうとする者はそれが誰であれ突き刺し傷つける。

たまに、トラックがすぐそばを猛スピードで走り去る。運転手がどなる。

「生きるのに飽きたんかよ?!」

古い歴史的な町が不朽なる者の陰気な知恵を書き記している。それは日が暮れると地下から湧きあがり、発光し、消滅し、夜の闇に溶け、無言の恐怖を形づくる。そのためぼくは何度も高い代償を払っている。定職もなく、家庭もなく、故郷も失い、あらゆるものから切り離され、たったひとり孤立してしまった。ぼくはますます苦境に立たされ、ますます孤独になる。ますます危険が迫り、幾重にも鬱積した罪悪感が僅かな良心を窒息させる。

この白線に沿って進まなければならない理由はない。空気はますます薄くなり、世界と対峙し、あらゆる恥辱を振り返る勇気は失われていく。

だが、ぼくは屈しない。狂わんばかりの苦難にも挑む。それがぼくの運命だから。罪深い悪の太陽がまた昇るのを待ち受けながら、おのれの卑劣さを思い知らされる。ぼくの吐き出す毒が霧となって、朝早くからもうもうと立ちこめる。ぼくの血と胆汁が道ばたの石の隙間に染み込み、人を犯罪へと誘う樹木の養分となる。ぼくの肌は柔らかいが、目を射ぬく盗賊の光を放っている。心臓の鼓動に耳を傾けると、地獄の鬼が鳴らす鐘が響いてくる。

自己崩壊するたびに自己再建を繰り返すなんてこと、ほんとうにできるのだろうか？　何と臆病で、何と哀れな行為。余りにも卑怯で恥知らずな選択。かの高邁な英雄叙事詩と同様、厚かましくて傲慢だ。

漫然と流れに乗るのはたやすい。たとえ腐爛した屍体の死臭がたちこめるこの城《まち》でだって同じだ。

ぼくは、羽毛が抜け落ちたまま墓の上に立ちつくして鳴き叫ぶ鳥だ。八方ふさがりで、老衰、凋落、荒廃が周りから迫ってくる。

五

紺青の大空から燦然と輝く太陽が顔を出し、光あふれる媚笑を閃かせる。太陽は人類の必需品に取り込まれてしまったために、金色《こんじき》の高貴な光を失ってしまった。稀少な黄金がカネやアクセサリーになったのと同様に。金色はただ皇帝と虚栄心あふれる女を喜ばせるだけ。金メッキ、鎏金《リュウキン》*1、純金……キラキラ光りつつ人間の貪欲さ、虚栄心、残酷さに浸透していった。金色は権力者に媚びを売り、女のご機嫌をとる流行色となり果てた。

それにしても、海のどす黒いほどの藍色は凡庸を超えた気品を湛えて広がっている。ぼくはその偉大な力と混じりけのないひたむきさに打たれる。海の紺碧はぼくを安らかにし、心の奥底の透き通る深みから未知へと導くが、そのどす黒さにゾッと息をのむ。肉体が大崩壊の予兆を察知して固くなる。

　海の二つの色から、ぼくは二つの視力を得る。それらは分裂し、結合し、絡みあい、縺《もつ》れあう。深く激しい痛みと途方もない広がりの間には、冷たい凝視、無形の力が蓄積している。神秘と悲しみのせめぎ合いこそ、まさにぼくが奇跡と美を期待するところだ。

　大海原に向かい、その無限と永遠に心打たれ、崇高や壮麗に感じ入りながら、絶望を悟り、未練を断ち切らなければ、海辺に立つ資格はない。絶望は生ける犠牲《いけにえ》として自分を献げる激情を沸き上がらせる。ひとひらの波の花はひとつの懺悔でありひと粒の砂はひとつの祈禱をさそい、ひとたび押しよせてくる海鳴りは忘れられた犠牲を思い起こさせる。

忘却とは、何と苦悩させる不安感を煽る言葉だろう！　追憶しなければ心は殊のほか満ち足りる。だがひとたび葬送曲が奏でられると軀《からだ》は空っぽで、その長い長いリズムが生き延びた者に安らぎと冷たさを与える。この冷酷な安定の場所から隠微な誘惑が生まれてくる。世界は狂わんばかりに悲嘆する。一匹の瀕死の野獣が空を見あげるとすべてが再生を始める。密やかに、ゆっくりと。

海のように、たとえ最後の審判や宇宙の崩壊が降臨する時でも泰然自若でいたいものだ。神のご加護がなくとも天国を仰げるように、地獄に堕ちる時でも目を閉じないように学んでおきたい。

世界が終わる時、海は涸れる。日々は単調な繰り返しで、だれもが逝《さ》ってゆく。海の巨大な孤独は平然とぼくに冷酷無情の価値を知らしめる。一匹の蟻を踏みつぶすことと一人の人間を殺すことの間に、一面の森林を破壊することと一つの人種を絶滅させることの間に、絶対的な境界線はない。悲劇に満ちあふれた世界はこの上なく静寂で、その包容力は比べようもなく、かくも泰然としている。

四方に巣くう何という寒さ。ぼくの心は凍って割れた石ころのようにかすかな音を立てながら流星の光を放つ。その時、やっとわかったのだ。寒く冷たい凝集力など嘘偽りだということが。たとえ凍りついていようと、生命はいつでも炸裂するものだということが。

自ら発熱しなければならない。あのぬくもりの瞬間を思い出し、海の寒風に吹きさらされても砂浜で抗いのかがり火を焚き、陽の光で撫でさすり心の凍土を溶かそうとする。石の割れ目から愛が揺れながら芽生え、やさしい雨やきらめく露を探し求める。炎の明かり、陽の光、雨のしずくが、ぼくと母、妻、子、恋人、友人を懇ろに繫ぐ。温かく融和する息吹に包まれる。

ぼくは悔い改めた放蕩息子の役割を演じる。終日、海で格闘し、傷だらけで、助けもなくよろよろと帰ろうとするが、砂浜で突然倒れる。
呼びかける声が聞こえる。目覚めると、鮮やかに滴り落ちてくる心が見える。指が乱れた髪の毛に差し込まれ梳いてくれる。凍結した思いが解きほどかれる。唇にキスをすると塩辛い海の水は吸い取られ、引き裂かれた心が満たされていく。深い愛に潤む瞳からこぼれる涙で汚れた軀が洗われる。透明にきらめく涙で、ぼくは新たな暮らしを始める。食事、ベッド、絵画、詩、音楽、都会、愛の営み、だましあいごっこ……平凡で、何と魅力的な！　瀕死の生命が救われたのだから。

六

ぼくは幻想に浸る。舞踏会で君の神秘に魅せられて、ぼくは消失する。ぼくは変身し、迷い込み、メロディー、賛嘆、嘲弄、嫉妬の中で陶酔する。君の全身から、そしてあの遙か遠い海の息吹から解き放たれる。視線、言葉、仕草が軀中の坩堝《るつぼ》となって渦巻いている。回って、回って、また回る。ぼくは胸を君の乳房にぴったりとくっつけているので、ステップがぎこちなくなり、何度も君の足を踏んづけてしまう。君はあざ笑うけど、そこには妖艶な愛が燦々と満ちあふれているんだ。

　華やかな青春。自信満々な女性の誘惑は致命的で、ぼくはその魅力に引き寄せられ屈服し、腰をかがめてキスをする。だが、君のセクシーな唇を感じようとするその瞬間、君は忽然と消えうせる。ぼくのふところからだけでなく、心の中からも。ぼくはたった独りで遺され、ダンスの姿勢のまま回り続け、回転スピードはどんどん速くなる。逆らえない命令によって訳もわからず踊りつづけなければならない。

　ぼくはダンスホールの中心にいて、芳香、ミュージック、ため息、愛のささやき、ひらひらと舞うスカートに取り囲まれている。何ともよそよそしい雰囲気の中で、多くの見知らぬ人たちの視線に、ぼくの顔、腕、目、肋骨、性器が余すところなくさらされる。

舞踏会の熱気は空間をますます狭め、あらゆる存在がさまざまな方向からぼくを圧迫してくる。とうとう音楽が止む。すると君がぼくの目の前にすっくと立っている。ひたいから髪をかきあげ、別の手で首をなでる。ぼくはポカンとして君を抱きしめ、音もなく、光もなく、色もなく、味もない空間でまた踊り始める。その時、君はぼくのものだとわかる。君はダンスを、まなざしを、ほほえみを、キスをぼくに献げる。颯爽としたワンピース姿は君がにっこりとほほえんだ唇のようで、あらゆる美が凝縮されている。ぼくはじっと君を見つめる。全身の血管が膨張し、太く、硬くなる。

突然、シャンデリアが天空から落下し、ぼくたちのまん中で粉々に砕ける。陰鬱な笑い声と音楽がまた鳴り響き、日光に照らされた大理石が氷塊のように透明に輝きながら、狂暴な力で広がり天地を覆い尽くす。また君は消え去る。懸命にもがく魂だけがぼくを見守る。ついにぼくは夢から覚めたかのようにぶるぶる震えだす。歯ぐきにまで分厚い氷が張っている。

世界はほんとうに寒い。このようにしつこくて頑とした寒冷を堪え忍べるのは神かサタンだけだろう。時間が凍りつく瞬間は苦くて辛い。天地が氷と雪で覆われる中でぼくの全身に鋼鉄の閃光のような快楽が注入される。野蛮で、非人間的で[*2]、絢爛たる色彩の笑い声が心の奥底からあふれ出す。

笑い声は周囲にキラキラ光る氷の切片《かけら》を貼り付けながら空をヒューヒューと飛ぶ。終末の時がやってきている。

ぼくはダンスホールを出る。頭上ではズッシリと重い空がゆっくり回転している。乾ききった寒さで夜闇の深部は亀裂している。星は一つまた一つと絶え間なく昇っては落ち、落ちては昇っている。ぼくの目は一つの落下する星に釘付けにされる。きっとその星は、寒々とした光が消えるとき、ぼくの頭上で砕け散るだろう。ぼくはこの予感に引きつけられ、息を呑みながらその落下を待ちわびる。ほんとうに落ちてきてぼくの頭を打ち砕くのか知りたくてたまらない。もしそうなったら、ぼくは星々と同じ永久不変の法則に従って最も秘匿された存在へと進まなければならないだろう。

軀の外がわは寒いが、内心は突如訪れた死への渇望で熱い。まさに寒さと熱さとがせめぎ合っている。一分ごとにぼくは暗やみに近づき、あらゆる過去の放蕩と原罪の懺悔とを忘却していく。

寒さは水のように全身に漲り、ぼくはついに立ち止まる。根《ルーツ》を見つけたのだ。未だ経験したことのない柔和な心情が体内に広がり、滔々たる潮流と交ざり合い、心を揺り動かし、狂気を湧きあがらせる。ぼくはこらえきれずに倒れる。凍りついた地面なので空中に浮かんでいるようだ。ぼくの体中を暗夜が穿《うが》ち、眼の中に一筋の完璧に美しい曲線を描く。ぼくは暗夜の一点で、生命の充実と無限の意義を自覚する。

七

ぼくは、夜の闇が降臨する海、特に冬の夜の海をこよなく愛している。昼間は陽の光で雪が溶けるが、寒風は骨を刺す。ぼくは体力が衰え、ぐったりして、困惑しながら人のなすがままに殺されるが、長い間ずっと押さえ込んできた号泣と反抗をことごとくぶちまける。たくさんの本を読んだ。多くの女性に恋した。たくさんの漢字を書いた。風と雨、愛と憎しみ、生と死、数多くの辛酸をなめつくして、ようやく落ち着くことができた。

ぼくの魂にはもはや速度というものがない。衝動も、時間もない。

ぼくはすべての教義を疑い、懐疑を最高の法則だと祭り上げてきたが、己れの存在意義を一度も疑ったことはない。頭脳が麻痺するとき、かえって神経は昂揚して過敏な状態に陥り、すべての触角を伸ばして、ほんのちょっとした音でもギョッとして跳び上がる。ぼくは皮を剝がされ、あらゆる神経を剝き出しにされ陰鬱な暗夜を探索する。幻影が瞳を浄化し、月光を通して別世界の奇々怪々なありさまが見えるようになる。静寂が聴覚をより高め、野獣が夜空に咆哮するのが耳に心地よく響く。星々は震えながらきらめく言葉《ディスクール》を語りあう。言葉は声に出したとたんたちまち錆びてしまい一幕の空疎な茶番劇が始まる。口から出まかせばかりだったぼくは、あらゆる虚言を言い尽くしてのち唯一の真理を発見した——ぼくの存在とはまさに意匠を凝らして作りあげた嘘そのものだ。

暗黒と沈黙の中で、ぼくは海の秘密をはっきりと知ることができた。

ぼくは海を直視できず、くるりと向きを変え、海を背にして空を見あげる。くるくると回転する宇宙は日増しにぼくの内部に沈鬱を呼び覚ます。もったいぶった自意識が次第にぼくから離れ、心は一種独特の激情に満ちあふれる。それは藍色をしており、光り輝き、我慢強い意志に貫かれた苦悩をほとばしらせる。

ぼくは溶融し、星々をめぐる靄《もや》となってふわふわ漂い、月光のように海鳴りの中をゆらゆら揺らめく。漆黒、茫然、失神。両目のうち、左目は蒼穹の果てに伸び、右目は海底に潜入し、引き返せないほど堕落する。巨大な爆発音が封印された生命を開け放つ。あたかも用意周到に準備し、じっとチャンスをうかがって、ついに爆発させたかのように。破片がパーッと飛び散り空と海の間に舞いあがる。これは未曾有の謀殺だ。血でまっ赤に染まった野生の原は雄大で豊満だ。

麗しき女性が海中から夢幻《ゆめまぼろし》のように歩いてくる。大海原の波濤のように高々と盛りあがる乳房、艶《つや》やかな軀は、暗夜を照射する閃光であり、まさに飛散するガラス片のように両目を射抜く。

君が現れるのは予感していた。心身ともに果てしなく揺れ動き、言葉では表しきれない恐怖と重苦しい罪悪感の予兆があった。

君は近づいてくる。頭を上げ、つま先を立てて歩き、胸をそらせ、その瞳には悲壮感がたたえられている。真冬に春風がそよぐかのようだけれど、草花は萌芽のうちに腐り果てる。

君は、卑屈でも傲慢でもなく、悠然とぼくを見つめる。その微笑には濃厚なルージュがべっとり貼り付いていて、紅《くれない》に凍りつく笑《え》みは征服者の野心だ。恋は経験豊富で手慣れたものよと自慢しているかのように。灼熱の抱擁、意味深長なキス、また狂暴なセックス、いかんともしがたいロマンティックな死を遍歴する。

君はもう忘れている。初恋を、心ときめく触れ合いを、切ない想いを抱えながら待ちわびた時のことを、頰を赤らめ沈黙したことを、言おうとしても恥ずかしくて胸に防波堤をつくり止めたことを……

その伏流水のような情念はもう老い衰えている。

君は、ふられたのは一度で、ふったのは無数。君の胸には長々とした名簿が秘蔵されている。一人ひとりの名前に、世界への報復や嘲弄が付記されている。今やもう君は熟練の域に達している。少女のぐっしょり濡れた恥じらいを武器にせず、セクシーさを餌にもせず、ファッションに苦心もせず、涙の懇願と一回のキスを交換することもない。君の全身は妖艶に輝いている。どんな男も、目の前に立たれれば、虜《とりこ》になる。だが自信満々な君は傲慢に軽蔑を見せつける。

君の前では、ぼくは童貞だ。初めてのセックスに緊張する。新鮮で、ハラハラ刺激的だ。だが、愛の残酷さと底なしの深淵の暗黒は知らない。従順に屈服し、一顰、一笑、一挙手一投足に陶酔する。神経がキューーッと張りつめる。皮膚はミリ単位で敏感に反応するから、ちょっと触れられてもたまらない。女性の指先の神秘的な魔力で、ぼくはぶるぶる震えてしまう。君にとっては俎板《まないた》でさばくような手慣れたものだが、ぼくにとっては先史そのものだ。

女性の秘密が潮《うしお》のように湧きあがってくる。巨大な渦潮に巻き込まれ、絶頂から谷底に転落し、また谷底から頂上に押し上げられ、蹂躙され、踏みにじられ、包みこまれる中で懸命にもがく。力尽きるや否や岸辺に打ち上げられる。軀はもぬけの殻になり、魂は一枚の黄ばんだ枯れ葉になる。その時から、ぼくは恥辱、怯懦《きょうだ》、内気の水底から浮かびあがり、陽光の下で変転する世の中を渡り歩く無頼に変身した。ところが君ときたら、そんなものとは比べものにならないほどの場数を踏んできた大年増だ。

ぼくと君は海と空のように似たもの同士、多くの無垢なツーリストを誘惑する。神に仕える少年少女の物語は大昔の伝説だ。ぼくはもう人が書いた放蕩記なんて信じない。放蕩には熱狂も、夢中もない。ただ海上で大空を見あげるだけだ。

八

砂浜に残る足跡が永遠に消え去らぬことを祈る。内心の独白によって恥辱の記憶と懺悔の欲望が薄らぐ。無意識のうちに恋人を抱き、同じく無意識のうちに恋愛を打ち砕いた過去を思い出す。欲しいのに求めない歪んだ欲求のため、ぼくは渺々《びょうびょう》たる虚無に惹きつけられる。

夜の色は深まり、海水は色彩を変幻させ、海風は苦渋をひらひらと吹き飛ばす。森林か峡谷かを流れる小川のせせらぎが聞こえるようだ。大自然の奇跡が天空に見え隠れし、あらゆる生物は星のまたたきや海中の演奏に合わせて讃美する。歌声は混沌とした憂愁に包まれる。萎縮こそが艶やかな装いになるほど荒涼としている。その中からじめじめした吐息がよろよろと伝わってくる。

ぼくの両目はのぞき見が習慣なので、両手で砂浜の墓を掘り起こすのはまだうまくできない。寒風が目を刺し、砂礫は氷のように冷たいが、魂は火傷するほど熱い。ぼくは氷と火、存在と荒唐無稽を分別できない。こちらでは濃い闇夜にひそひそ笑い、あちらでは涙が溢れるという宇宙。ぼくは意気阻喪すればするほどますます強烈に抑圧へと誘い込まれる。ぼくの軀はきつく締め付けられて縮まり、恐るべき命運に息も切れそうだ。

生存の瀬戸際から投げ出された者。堕落の網に落ち込み自力では抜け出せない者。いつももったいぶって自分を欺き、人を欺く者がいる。孔子、荘子、ソクラテス、プラトンの魂を呼び出し、ベートーベン、ゲーテ、ホメロスを持ち出して桂冠を飾り、イエスに十字架から降りて弔辞を述べてもらおう。だが、それは低劣な文字で嘘を書き連ねた歴史にすぎない。薄汚れた墓碑に刻まれた名前など哀悼を見せびらかしているだけだ。そんな歴史を誰が信じようか⁉ 誰が高名な文化人の真心を信じるだろうか⁉ 彼らはいかめしい顔つきで人を見下し、倦むことなく説教を垂れる。生きている者だけでなく、死んだ者まで見逃さず屍体にむち打つ。それこそすべての「高貴」な者が持つ執念である。

かくして、ぼくの喜怒哀楽、生老病死の一切はこの荒唐無稽な世界に繋がっていく。そこから発する荒唐無稽な愛情、憐憫、怨嗟にも繋がっている。あらゆる文明を冒涜したことは、ぼくの致命的な失敗であるとともに最後の超越でもある。自ら魂を放逐し、信念を破綻させ、道徳家気取りの「高貴さ」や丹念に仕上げた「雅《みやび》」と訣別するのだ。「いかないで」もなく、涙もなく、ユーモアもなく、「こん畜生め、くたばりやがれ」もない。何と味も素っ気もない訣別だ。

まさにこの刻《とき》、プラスかマイナスかという正反対の方向にせよ、東西南北の四方八方にせよ、愛憎の間の彷徨にせよ、生死の境目にせよ、ぼくはいかなる選択もしない。文明はどんな形で死に向かうか。これにより人類は苦痛に苛まれるというのか。こんなまじめくさった問題など、ぼくにとって重要ではない。重要なのは海辺の石ころが愛に殉じるかどうかだ。

永遠に壮麗な美が瞬く間に過ぎ去り、色あせ、終焉が宣告される。演劇のクライマックスなど陳腐な筋書きどおりだ。智恵と愛を熱烈に求めるなんて幻想だが、そのためには、いつも無味乾燥な格闘をしなければならない。その後は、運命がサッと降臨し、徒労しか残らない。前途は茫々で、虚しい幻の生活は獰猛さで満たされているのだ。

ぼくの王国は腐乱の中で燦然と生まれかわる。あたかも陽光の下で息を吹き返した海のように。海の清新さとぼくの腐乱とは出会ったとたんギュッと抱きしめあい、ほとんど完全無欠になる。高々とそびえ立ち、近寄ることも、謳歌することもできない。ニーチェは神を殺したが、その魂には塵一つなく、十字架の血に致命的な打撃を加えた。

自分の墓を掘ることは知恵のある者のすることではない。特に海辺ではなおさらで、滑稽なお笑いぐさだ。死後、大海原に向かい、寄り添うことを望むなど軽蔑と嘲笑を招くだけだ。海の孤独は完璧で破壊できない。海水の間には天女の衣と同じように縫い目はない。海と岸とは渾然一体で陽光さえも射し込めない。

九

夜と寒さが同時に降りてきた。

夜は終わり、また始まることを、繰り返す。寒さはあまりにも多くの夜を積み重ね、ゆっくりと放射し、ますます長く、黒く、赤裸々で、生き生きとして新鮮だ。

だが、あの夜はほんの短時間だった。すぐに鳥が鳴き、波間に揺られる木の葉のような黎明が訪れ、砂浜の夢遊者を追い返す。風が甦り、波の花と微塵《ほこり》を吹き上げる。最後まで残った星は凄絶な断崖絶壁に向かい、白い雲、青い空、そして海に別れを告げる。

完璧な夜がばらばらに分裂しはじめる。海鳥の翼、揺らめく木の枝、山々の輪郭、船のモーター……夜は命あるものすべてを破壊する。

それなのに、またそれなのに、ぼくの目の前には依然として海が茫漠として広がっている。風も波もなく、何もかも静まり返っている完璧な夜。静寂に息が詰まり、ぼくは駆り立てられる。

水面から緑の光輪が上昇し、大きくなっては淡くなり、小さくなっては濃くなり、ゆらゆらと光線を曳いていく。ぼくは経験したことのない刺激を感じる。

冷たい風が四方八方から吹きつけ、毛穴から皮膚に入り込み、焼けつくような熱血とともに全身を流れる。永久に不変で不滅のものが体内で形づくられる。

ぼくは身を硬くしながら、夜の暗闇で四種類もの時間の試練を試してみる。

第一の時間は破片だ。

破片は行商人の売り声の中を流れ、オフィスでくつろぐ人のトランプに散りばめられる。食卓でおしゃべりの花を咲かせる人の、たまに肉に付いた骨といっしょに歯にはさまる。商店にも赴き、売り場に留まり、あれこれ見てては値段をたずね、ためらいながら最新流行のファッションを試着しては鏡の中に見違えるほど輝かしい姿が現れるのを望む人。恋人が見たらびっくりするわ、とつい自慢したくなる。社長室では署名したばかりの契約書を示しながら時々英語を混じえ交渉のプロセスを報告する。

裸になってシャワーの温度を調節する。温水が体じゅうを流れ、女性の手が震えながら肌をすべるところを妄想する。ボディ・シャンプーと内分泌液が混ざり合い複雑な香りが漂う。悪臭をきれいさっぱり洗い流したら、いい匂いをぷんぷんさせ、甘くて爽やかなぼくになる。

だがそれは、永遠に終わらない昼メロだ。息子は親の世代の秘密に思い悩む。妻は夫のごまかしに泣き崩れる。暗闘と撹乱、無実の罪で銃殺、少女の寂寞、一目惚れした男に別な女がいる。無数の同じストーリー、人を動かすたくさんの小道具を、上着のポケットやハンドバッグからドサッとベッドにぶちまける。

掛け時計は自己満足で厳かに、公正に、隈なく見下ろしながらチクタクチクタクと時を刻んでいく。法廷で、不運な弁護士が、有罪の決まっている被告のため、甲斐のない弁護をするかのようだ。時計の音は平凡な生活にまで伸び、入り込み、奥底まで侵食し、あっという間に荘厳さを子供だましの音に変えてしまう。――電話が鳴り響き、恋人の声がクリームケーキのようにねっとりした花模様を咲かせる。「やあ。ぼくの誕生日をよく憶えてくれてたね。とっくに忘れてるんだと思ってたよ」

第二の時間は、交錯だ。

人々が異なる方角から十字路を横切るようなものだ。それは一つの網の目で、結び目はさまざまな死に方で繋がれている。方向も、速度も、終点も、始点もなく、空気の隙間をひらひらと漂っていく。一陣の風、一滴の雨、一個の分子の運動、そのどこにでも存在する。まさに夜は無限の暗黒の網で、夜空を昇り互いに光を交差させる無数の星々は結び目で、人類をすっぽり包みこむ。すでに生まれた者、まさに今生まれようとしている者、これから生まれる者、未だ生まれざる者すべてを包みこみ、老い衰えた者、まさに今老い衰えつつある者、死へと向かう者、墓の中で腐朽した者すべてを包みこむ。

人はそれに抵抗できず、ただすでにもう配置されたところを浮き沈みするだけだ。存在と不在、いや、存在しながら存在していないのと同じ。静謐と暗黒が生き生きとあふれる。鳥のさえずりや花の香りは純粋な無だ。目を閉じればそのたびに神秘的な光が暗黒を照らす。沈黙すると澄みきった鐘の音が正確な時を知らせる。生命の躍動、霊魂の喧噪、墳墓の幽遠が代わる代わる現れては消える。

このような時間の経過においては肉体のコントロールが鍵になる。でなければ、救いようのない深みに陥ったとき、懺悔すれば回帰できるという神への懇願ができなくなる。救世主が時間を超越するのは、人類が時間の中で堕落して死ぬからだ。でなければ、救いと復活は成立しない。堕落して死ぬのが必然の人間にこそ救世主は必要なのだ。自分が救世主になるという欲望を満たすために、神は人間を創造した。人間が時間を創造したのは、神に媚びるためだ。これは人生の奥義だろうか?

幽玄の深淵に凜として清浄をけがせない尊厳が現れる。ぼくは見知らぬ花園に迷い込み、ふと気づくと見渡す限り広がる海にいて、砂浜には貝殻が点々と散らばっている。ぼくは初めてこの驚くべき世界に向かって胸の奥底を開け放ち、自分の運命に自信を持つ。

第三の時間は人間の知的ゲームであり、形而上学的な玄想[*3]に属する。ニュートンはそれを統一的で不可逆的、絶対的であると想定し、一連の数式によって体系的に証明した。アインシュタインはニュートン的な時間に悪ふざけをして、簡潔な定式を用いて時間は恋人を待ち焦がれるものという解釈を導き出した。形而上学的な時間は一種の数学的ゲームから誕生したものだ。世紀、年、月、日、時、分、秒はただ単に数字で表しただけにすぎない。あたかも触れてはならぬ古代ギリシャの彫刻のように寒々とした冷たい光を放つ。遠くから静かに鑑賞し、審美的な瞑想に浸るのがいい。

このような時間では、一瞬一瞬が偉大なる神から賜った御霊《みたま》と呼ばれる。生命は永遠不滅の太陽で、ひとたび昇れば落ちることはない。

霊魂も永遠で、朝、昼、夕、晩の区別なく、夕陽は霊魂の中から発せられた曙光である。これは神の支配する、時間を超えた光であり、まさに聖書「創世記」に「神は言われた。『光あれ』こうして光があった」と記されたものである。

しかし、輝く神の光に照らされた人間の世界はといえば、遙か昔に見捨てられた一軒家のように、屋根は崩れ、鉄鍋は錆び、ベッドはカビ臭く、夜にはネズミが至るところを駆けまわる。ムッとした瘴気がたちこめ、腐乱した残骸が散らばっている。引出しの中のアルバムには緑の苔がびっしり生えている。燕の古巣に残された羽毛が、ウジ虫の蠢く穴蔵のような部屋でカーテンにあおられて舞いあがる。たまに、浮浪者や道に迷った者が足を踏み入れ一晩すごそうとするが、雑草の下に埋葬されてしまう。

第四の時間は静止であり、沈黙であり、生ける屍の瞑想である。聖アウグスティヌス曰く、「我々は時間を表現できず、ただ黙想するだけである」

時間は形而上学を超越した怪物で、凄惨な月の光よりもさらに蒼白く、それに曝されると氷漬けにされるよりもっと凍えて震えあがる。時間は陽光や大気よりさらに腐食を広げ、至るところに満ちあふれる。

瞑想する者は幸いである。精神の絶壁に立ち、心を解き放つと、意識は喪の黒いベールで覆い隠され、苦難は幻想だらけの未来に押しつぶされ、霊感は生まれる前から奇々怪々な百物語に混入する。ぼんやりとはっきりしないイメージこそむしろ、驚くほど純潔だ。

全世界の人々に純潔を追い求める資格などない。正義や真理を口実にして一時的に世を欺いているだけだ。正義を守り、真理を堅持するということで、人間世界の道徳に合わせ、虚栄心を真理だと示し、正義という名で後世に名を残せるからだ。哲学者には真理が必要で、政治家には正義が必要で、芸術家には美が必要で、神父には信仰が必要で、つまり兵士には勲章、女には口紅、子どもにはごほうびが必要ということと何ら変わりない。だから、瞑想によって荒れた山を通り抜け、聖なるものを目指してよじ登っても、不思議な光の背後には空虚しかない。瞑想では智恵に満ちた尊顔を仰ぎ見ることを渇望するが、その背後には悪知恵がひそんでいる。

ぼくは空しさの中で九死に一生を得る刺激的な僥倖を探し求めている。日々の空虚を突き抜け、哲人の知恵の、芸術家としての霊感、科学者としての理性、宗教家の敬虔な空虚を突き抜け、人類の存在の空虚を突き抜け、打ち寄せる波の潮臭さに導かれてきた。

一匹の鮫が襲いかかり、たちまちぼくの瞑想は海の藻屑と消え、海上を漂っていくが散り散りばらばらになることはなく、人間の空虚を際立たせる。海水は渦巻き、曲線を広げ、美しいスクリーンを作り出している。紺碧の大海原は人類の終末に向けての遺影を描くのだ。

誰かが「時間はありとあらゆるものを与えてくれる」と言った。

今夜、生臭い海の中から時間が浮かびあがるだろう。青黒い海から色とりどりの時間が現れる。これは幻覚ではなく、ぼくが実際に嗅ぐことができ、見えるものだ。時間の色はうす暗く、散り散りになった時間は、日の光の下にある土ぼこり、雨あがりに腐る雑草、また雪の花のようにストーブの芯に吸い込まれるように落ちていく。

突然、ぼくはすっ裸なことに気がつく。時間が鋭い剣に変わり、ぼくの肉体を刺そうとする恐怖に襲われる。だが、霊魂は平然と肉体がもがくのを黙ってみつめている。ぼくはそこから霊感を得て、恋人に恋の詩を捧げると、恋人は官能的な肉体を狂おしそうに捧げてくれる。

ぼくは起きて、きちんと服を着ようと明かりを点け、神経質に腕時計を身に着ける。だが時計は止まっている。時針も、分針も、秒針も同時に何もない空白を指し示しているだけだ。

十

清冽な月光が黒々と逆巻く波濤のしぶきに散りばめられている。沈鬱な海鳴りがごうごうと響く。蠕動してくる一筋の隊列は中世の騎士だ。波間にきらめく月光は騎士の振りかざす剣のようだ。

岸辺に近寄る。巨大な波浪が海面下の暗礁にぶつかり、突然、黒い波頭から白い浪の花が炸裂する。一つひとつしっかりと結びつき一輪の花のように広がり、数秒後、まっ黒な海面に浪の花の壁ができる。孤独と寂寞の中、一ひらひとひらの浪の花は無数の舞い踊る精霊となる。それは踊り狂うかと思えば、一瞬にして止まり、振り上げた手や飛びはねた足はぐにゃりとなって砂浜に倒れる。鬱々としたため息はくすんだ暗緑色で砂浜に不規則な形を描き、悄然といなくなる。そして二回目、三回目……永遠に踊っては、ぐにゃりとなり、倒れるのを繰り返す。シンプルな動きから薄っぺらな悲壮や仕方ないという冷めた意識が透けて見える。ぼくの心はこの歪んだ狂暴さに剝き出しになる。光線によりねじ曲げられ、音声によりしわくちゃにされる。

海の孤独や月光の寂寥に感嘆するより、海に向かい、波しぶきに寄り添う方がいい。ロマンティックな光景を想像し、ちっぽけな姿を果てしない大海原に投影する。

何を求めているというのだ？　どんな誘惑がぼくを駆り立てようとしているというのだ？

君か？　今まさに、ぼくは烈しく君を恋い焦がれる。切なくて切なくて、恋に悶え燃えあがる。これではどうしようもないから別れようか。もともと超えられない溝があったのだと思って。

だがいつの日か、愛はすべてを超え、ぼくたちは抱きあって海へと堕ちていくだろう。この上なく甘美な心中。ぼくたちのロマンは海水によって四方八方に散らばっていく。

ぼくたちは酷寒地に住む番《つがい》の渡り鳥。身を寄せ合う止まり木を懸命につかむが、もう飛ぶ力はない。みつけた猟師が、猟銃をかまえ、狙いを定めて引き金を引く。ついに、ぼくたちは別世界へと飛びたつ。完璧な美と渾然一体となって。

ぼくたちの血は滴り落ち、ザラザラした岩肌に水晶のように透明な誓いの言葉を刻み、波に洗われいっそう鮮やかになる。

岩は永遠に海辺に立つ。消え去った往事が復活するという預言のシンボル。先が見えないのが辛くて恋い焦がれ待ちわびていたからこそ、ぼくたちの愛は燦然と新しい光を放つ。シェークスピアの「ロミオとジュリエット」のように。

知らず知らずに涙がこぼれる。海水のしぶきのせいか？　口もとが塩っぱい。眼がかすんでいく。

忘我の中、君が海の彼方に佇むのが見える。冷たい紫の光を浴び、裾は風にはためいて。精霊のように寂しく静かに波面を見え隠れしている。

月光の下、波しぶきが上がる。海岸、うねる山嶺、木々、銀と群青の夜空の星々。ぼくの心の十字架、墓碑、誓約、君の影が揺らめく。ひらひらと漂う浪の花、懐かしいほほえみ。蝋のように蒼ざめた君にひどく悲しげな花柄ワンピースはよく似合う。肩にグリーンのシルク・スカーフをはおり、君は茫漠たる不可知の世界に向かっていく。

君はよく海を鏡に喩えた。海に身を任せる君はひときわ誇らしげで、美しい。

君は時に山腹に佇み、時には止まり木にぶら下がる。また時には流れる雲と戯れ、時おり星とともに眠りに就く。

今、君は鏡に別れを告げ、ほの暗い光から離れる。ただ音楽が遙か遠くから波に乗って流れてくる。君は黒髪をなびかせたかと思うと面影は溶け、姿は消えてしまう。

波の奥底からうめき声がかすかに聞こえる。逆巻き崩れ落ち、崩れ落ちてはまた逆巻き、ぼくの孤独と君の消失とを嘆き悲しんでいる。

十一

突然の哄笑が凪の海を驚かし、眠りこんでいた空をたたき起こす。あらゆる憂愁が大地にこびりついて、一本の錆びた釘になり、ぼくの骨と骨の隙間に突き刺さる。

歪んだ構造は複雑な難題を作り出し、ぼくを刺激する。思いは山のように高く谷のように深く混乱する。

もしかして、この唐突な高笑いは思いがけない邂逅の予兆？　もしかして大津波？　もしかして天が傾き、地が裂ける？　もしかしてロマンティックな死……だが、何も起きない。

ただの笑い声だったのだ。そんな平凡なものに耳を傾けようとは思わない。そんなものは山の雪が日の光があたって水滴となり、そのまま自然に滴り落ち、湧き出て、曲がりくねり流れていくだけだ。曲がるたびにぼくを避ける。神秘的ではなく、シンプルに。複雑ではなく、明澄に。虚偽ではなく、坦懐に。病まずに、生き生きと。ヒステリックではなく、品よく物静かに。

笑い声は、ぼくの迷いながらたどってきた道を一筋ひとすじ流れ過ぎた。子どものころからの断片を一つひとつ拾いあげ、絢爛たる天空に書き綴る。笑い声はぼくの向かう未来に響き渡り、未知の時《と》刻《き》を一つひとつ結び、陰気な雨が降り続く日曜日に繋ぎ止める。

ぼくは何度も何度も笑い声を追憶する。ぼくの魂は笑い声で満たされる。もうぼくには立つ瀬がない。

ぼくは君を「ぼくの」と言ってしまえるだろうか？　ぼくの誘惑者、ぼくの陰謀家、ぼくの呪文、ぼくの破滅。記憶の泉を吸いあげるあの笑い声がきわめて微かになるその刹那、ぼくは目を眩まされる。魂が声となって甘美な神秘を漂わせる。

黄昏の光がゆっくりと薄暗くなる。血の染み込んだ夕焼けによって舞いあがる笑い声が赤く染められる。光線は音波の振動で揺らぎ、漂う。音はうす暗い光をさらに昏くし、夜色は朦朧となる。消え去ることのない永遠の暗がり。その中で、ぼくははじける笑い声に耳を傾ける。笑い声に包まれるのは一艘のさびしい舟が大海原に包みこまれるよう。一匹の手負いの野獣が天の輝きに覆われるよう。ぼくの心はうなだれる。断崖絶壁にぶら下がる明星のように悲しく明滅する。

ぼくは蒼ざめた記憶を見つめ、忘却の凶悪さに身震いする。この世の生き物と同じように記憶や知恵にも衰滅の時がくる。

やがて老いたらぼくは、墓のそばの草に坐り、魂が墓の中から漏らすため息に耳を澄ませ、かすれた碑文を辿りながら読む。惚けた大脳はまだあの笑い声を思い出せるだろうか？　思考は敷きつめられた枯れ葉で埋まり、いろいろな小石が転がる陰気な山道と化す。

笑い声は遙か遠くから響きわたり、やがてもっと遠くへと広がっていく。

＊1：純度の高い金。
＊2：原文は「非人」で、魯迅「狂人日記」にある表現。
＊3：魏晋時代に老荘思想と儒学が融合した思想的形態。

詩人としての劉暁波

劉燕子

一　劉暁波の生き方

劉暁波の生き方には自由の徹底的な追求の姿勢が貫かれており、これを劉霞は二〇〇九年の米国ペンクラブのバーバラ・ゴールドスミス自由創作賞授賞式に寄せた挨拶で簡明に述べている。[*1]

みな様、とても残念なことに、夫の劉暁波も私も授賞式に出席できません。（略）私たちは劉暁波を単なる政治的な人間とは見ていません。彼はずっと不器用ながら勤勉な詩人であり続け、たとえ投獄されても詩を書くことを放棄しませんでした。看守が紙やペンを没収すれば、頭で想いを練りました。この二十年来、彼と私の心と心を交わした愛の詩はすでに数百篇に及んでいます。その中の一篇は、[*2]このように綴られています。

墓に入る前に／骨と灰で手紙を書くのを忘れるなよ／冥土の宛名を書くのを忘れるなよ……

また、中国の詩人・廖亦武《リャオ・イウ》は、次のように劉暁波の詩を評価しています。

劉暁波は「六・四」の犠牲者の霊を背負いながら愛し、憎み、祈る。このような作品はナチスの収容所やロシアのデカブリストの流刑の途上で書かれたもののようだ。まさに「アウシュヴィッツの後で詩を書くことは野蛮である」[*3]とは、一九八九年以後の中国の実情に合っている。

それでも、私はよく理解しています。この賞は、名目の上では、詩人の劉暁波を励ますのではなく、「〇八憲章」の起草者・政治評論家の劉暁波に与えられたものです。さらにそれでも、私はこの二つの生き方の関連性に気づいていただきたいと思います。劉暁波は、詩人のほとばしる熱情をもって中国の民主化を進め、独裁者に向かって「ノー！ノー！ノー！」と繰り返してきたのですから。

そして、家庭では、詩人の温かな優しさで「六・四」の今でも安らかに眠れない無実の罪で殺された犠牲者の霊や親愛なる友や私に「イエス！イエス！イエス！」と繰り返してきました。

実際、劉暁波は自分を民主活動家であるとか、詩人であるなどと自己規定はしなかった。つまり彼は巧みに政治と文学を使い分けたりしなかった。その核心には自由への希求が貫かれており、これが政治、文学、さらには哲学、美学、時事などの場で現れたのである。

無論、まず劉暁波は真の「公民精神」、「公民の権利」に基づく自由や平等など「人類共通の普遍的価値」と民主・共和・憲政など「現代政治の基礎的制度」を中国において達成・定着させようとした不撓不屈の精神において評価されるべきである。彼は中国民主化運動の象徴的存在に他ならない。

また同時に、彼の多彩な言論活動の根底には、理想を追究する固有の芸術精神が貫かれている。彼の詩には「生存の美学」[*4]とも言える内的生命の濃度や質が表現されている。それ故、彼の思想・詩想と行動を理解するためには、政論だけでなく詩も読まねばならない。

そして、劉暁波は言論を誠実に実践した。知行合一こそ彼の真髄である。したがって、彼の詩を十分に味わうためには、彼の生き様・死に様を知る必要がある。

二　時代を疾走する

劉暁波は一九五五年十二月二十八日、吉林省の省都・長春市に父・劉伶と母・張素勤の三男として生まれた。父は東北師範大学中国文学部教授、母は同大学の職員であり、二人とも「正統的な革命思想の持ち主で、仕事を革命の一部と見なし、家庭よりも革命を重んじた。[*5]」

幼少期、劉暁波は大飢饉を経験し、無知と残酷に包まれた社会に触れた。

少年時代、物心がつくと「後頭部に反骨」が生まれ、「党員知識人」の「雷親父」を代表とする大人の現存秩序や権威に対して徹底的な反抗心を貫くようになった。それは十一歳の時で、「文化大革命」と呼ばれる大粛清運動が発動された年であった。

劉暁波の中学・高校時代は文革期（一九六六〜七六年）と重なりあい、彼はまさに「文革の申し子」、あるいは「鬼っ子」だと言える。

一九六九〜七三年、十四歳から十八歳という多感な思春期を、家族とともに長春を離れ、内モンゴルのホルチン右旗で「下放」生活を送った。その後は、文革の終焉まで吉林省農安県の人民公社で「知識青年」としての生活を送った。

彼は文革の十年間における自分の人生、その中の体験を回顧し、狂気じみた仇敵意識を煽動する社会の暴虐を認識するとともに、自分自身にもメスを入れ、痛切に反省した。当時の青春はあたかも「狼の乳を飲んで育った」[*6]ようであり、彼は次のように述べている。

ぼくは青春期をまるごと文化の砂漠の中で成長した。ぼくが文章を書くために頼りにした文化的栄養分は、恨み、暴力、思い上がりか、嘘、理不尽、冷笑だった。これらの党文化の毒素は数代もの人々を育て上げてきたが、ぼくはその中の一人だった。たとえ思想が解放された八〇年代でも、党文化の残存から完全に脱却しておらず、毛沢東式の思考と文革式の言語はもはや生命の一部分になっており、換骨奪胎して自己洗浄をしたくても、口で言うほど簡単ではない。心の中の毒素を一掃するには、終生かけて頑張ることさえ必要だ。

文革は劉暁波のアイデンティティ形成に多大な影響を及ぼしただけでなく、中国文学界にとっては重大な試練であった。既存の作家のほとんどは激しく非難され、「五・七幹校」という事実上の強制収容所に送り込まれた。リンチにより殺害されたり、あるいは苛烈な迫害に耐えかねて自殺した作家も数多く出た。

劉暁波は二十二歳になると、知識青年が「下放」先から都市へ帰還するうねりの中で、長春建築公司（会社）に就職し、漆喰塗りの労働者となった。

一九七七年、文革が終息し、十年間も募集停止が続いていた大学への門戸が開かれ、統一入試が再開され、劉暁波は吉林大学に入学した。

翌七八年、北京では「民主の壁」が登場し、「四五論壇」、「探索」など政治評論を編集した同人誌が現れ、事実上の一党体制に疑義を提起した。文学・芸術の領域に自由の気風が吹き込み、大学のキャンパスでは自主的なサークルが次々に生まれた。

吉林大学では一九七九年春に文学サークル「赤子心」が設立され、同人誌「赤子心」を第九号まで発行した。それはわら半紙にガリ版刷り・ホチキス綴じという簡素な装丁であったが、大志や情熱がみなぎっていた。

劉暁波は編集に携わりつつ詩作を始めた。一九八〇年の第七号では「今天（今日）」、「信じよう」、「高く登る」、「風　凪よ」が掲載されている。それらは第一次民主運動の情熱を繊細かつ雄弁に表明した紅衛兵世代の新詩運動「今天」の痛ましいまでに昂揚した詩風を潜ませている。「信じよう」では次のように詩われている。

鉛のようにずしりと重い暗夜に／ここは晴れわたる青空だ／揺りかごを見守る月や星があり／無数のひとみが凝視する黎明がある……真理が沈黙する刻《とき》／ジョルダーノ・ブルーノの吶喊が響き渡る／烈火の中で煙と化す生命《いのち》があり／もうもうとした砲煙から霊気が立ち昇る／死と隣り合わせのくらしの中で純白の夢想がすっくと立ちあがる

奔放な創造力が駆使され、暗い死の陰にロマンティックな夢幻も挿入されている。

一九八二年、彼は北京師範大学大学院に進み、著名な中国文学研究者で、かつて「大右派」と批難された黄薬眠教授に師事した。一九八四年、文芸学で修士号を取得し、同大学の教員となった。一九八六年九月、北京で中国社会科学院文学研究所主催の「新時代十年文学シンポジウム」が開かれた。それは文革後の十年間における「新時代文学」の成果を自画自賛的に評価する場とされていたが、劉暁波はフロアから「新時代文学は危機に瀕している」、「中国の文壇に挑戦的な人物はおらず、中国人の悲劇は危機感と幻滅感の欠如にある」、「中国の作家は苦難に鋭敏な感覚がなく、生存を形而上に昇華する生命力もない」、「大多数の作家の作品はあまりにも理性に縛られており、芸術的創造力の貧弱さをさらけ出し、生命の本体から発する芸術の衝動的創造力に欠ける」などと舌鋒鋭く批判した。この歯に衣を着せぬ発言で彼は論壇に躍り出て、若者層から絶大な支持を獲得した。その後も、文学に留まらず哲学や美学においても根源的《ラディカル》な問題を提起し続けた。

一九八八年七月、劉暁波は「美と人間の自由」と題する学位論文で文芸学博士号を取得した。彼は「美学」を表面だけ美しく見せる技巧とは捉えず、どのように生きるのが美しいのかという「生存の美学」として探究した。さらに人間としての尊厳、自由、独立を絶対的かつ至上の価値として真摯に身を以て実践した。それは中国の伝統的文人の次元を遥かに超えていた。

同年、ノルウェーのオスロ大学に客員研究員として赴き、三カ月間滞在した。次に香港を経由し、ハワイ大学にしばらく滞在し、その間『中国当代知識分子与政治』を執筆した。[*7] 次にニューヨークに移り、コロンビア大学の客員研究員となったが、天安門民主運動に呼応し、予定を切りあげ、一九八九年四月に帰国を決断した。

四月二十二日、中国民主連盟の仲間とともに前党総書記・胡耀邦の正当な評価を求めて北京の現場で闘う学生と連帯・共闘し、理性的かつ具体的に民主運動を進めることを呼びかける公開書簡を発表してすぐ北京に向かった。中国政府は二十六日付け「人民日報」社説で民主運動を「動乱」だと強く非難したが、劉暁波は理想・情熱・責任を堅持し、知行合一に則り不退転の決意を固めた。帰国後、劉暁波は学生リーダーに知識人の立場から協力を申し入れ、次第に民主運動に深く関わっていった。彼は天安門広場を拠点に多方面で活動し、特に首都各界連合会の成立を契機に、民主運動は学生中心から知識人、労働者、さらには市民へと拡大した。

これに対して戒厳部隊が出動した。切迫する状況を打開すべく、六月二日、劉暁波は人民英雄記念碑の傍らで三人の仲間とハンストを敢行した。しかし、武力鎮圧が始まると、六月四日未明から戒厳部隊と交渉する一方で、学生たちには流血を避けるため撤退しようと必死に説得した。その的確な判断と迅速な行動により最悪の事態には至らず、広場からの「無血撤退」が実現できた。だが、その二日後に彼は「反革命宣伝煽動罪」で逮捕され、すべての公職を追われ、それ以来「一人の教師が教壇に立つ機会を失い、一人の作家が発表の権利を失い、一人の〝公共知識人〟が公開の場で講演する機会を失った」[*8]。

一九九一年一月二十六日に釈放されると、劉暁波は言論活動を再開し、民主運動も推し進めた。「反腐敗の建議書」を起草し、仲間たちと連名で発表し、また天安門事件の真相究明や犠牲者の名誉回復を求めた。そのため、彼は一九九五年五月から九六年一月まで北京郊外で事実上の拘禁に処せられた。解放後も同年九月から一九九九年十月まで、司法手続きなしに社会秩序攪乱により労働教養（強制労働）を科せられた。「ぼくの人身の自由はたった十数分で奪われた」[*9]と彼は述懐する。一九九六年の真冬、大連労働教養所で劉霞と獄中結婚した。彼は詩う。[*10]

ぼくたちの結婚式には証明書がない／法律的な保証もない／神の立ち会いもない／砂漠に立つ一本の樹のようだ……ぼくたちの新婚部屋は囚人房だ／ぼくたちは抱きしめあって口づけする／警察の監視の目が光っている／隠れようもない場で愛しあった……／ただ、ぼくたちは心の奥底に狂気を帯び／再び訪れた新婚の夜に／涙を流し、嗚咽しながら／君のために『嵐が丘』を朗読する

二〇〇三年から〇七年まで、海外の亡命作家や国内のリベラルな作家のペンクラブ「独立中文筆会（Independent Chinese PEN Center）」の第二期、第三期の会長に就任した。そして、ウェブサイトの開設、会員のネット文集の編集、自由創作賞・林昭紀念賞の設立、獄中作家の支援などを行うとともに、会員に向かい情熱と勇気をもって自由な創作に打ちこむよう励ました。

二〇〇八年十二月八日、「〇八憲章」の中心的起草者、及びインターネットで発表した言論のため逮捕され、二〇〇九年十二月二十五日、「国家政権転覆煽動罪」で懲役十一年、政治的権利剥奪二年の判決を下された（二〇一〇年二月九日、二審で判決確定）。

同年十月、獄中でノーベル平和賞を受賞した。劉暁波はこれを聞くと「この受賞は天安門事件で犠牲になった人々の魂に送られたものだ」と語り、涙を流した。

国際人権デーの十二月十日、ノルウェーのオスロ市庁舎にて授賞式が挙行された。受賞者あるいは代理人が座るはずだった椅子は空席のままで、その映像は世界に流された。

二〇一七年六月、突然、劉暁波が末期の肝臓がんにかかっているため医療目的で瀋陽の中国医科大附属病院に移送が認められたと、中国政府が発表した。劉暁波は病弱な妻をおもんばかり、出国して治療を受けることを望んだが、全く応じられなかった。

劉暁波は入院先の病室で劉霞の写真集(香港で出版予定)の序文を書いた。衰弱からか筆跡は乱れているが、「賛美がぼくの人生の宿命となった」と劉霞の才能を高く評価しつつ、変わらぬ愛のまなざしで甘美な「毒薬」を献げ続け、これは彼の遺稿=絶筆となった。臨終の床では劉霞に「君はしっかり生きてくれ」と言ったと伝えられる。

七月十三日、劉暁波は多臓器不全のため永眠した。享年六十一歳、あまりにも早すぎる死であった。

三　詩と詩想

劉暁波の詩は、毎年、天安門事件の犠牲者に捧げる慟哭と鎮魂の追悼詩、真の美と自由を求めるために受ける苦難を分かちあう劉霞と交わした愛の詩、そして如何に生きるかという「生存の美学」の詩に大別できる。本書はそれに沿って編集した。三者は絡みあっており、劉暁波が自らも含まれる天安門世代の青春に捧げた痛恨極まるレクイエム、純粋精神を希求し急勾配の道程を息せき切って駆け抜けた魂の苦闘、その生と死の戦慄などが凄みを帯びて活写されている。

（一）追悼詩

追悼詩には痛切な反省が内包されている。天安門事件の記憶は針となって劉暁波の存在の深部に突き刺さった。彼は「幸存者（幸いに生きのびた者）」と自認するだけでなく、内なる利己的な処世術や欺瞞的な生存の策略を正視した。

また、彼は当局が天安門事件の真相を厳重に封印するとともに経済成長を加速して意識をそらせようとしていることを剔抉し、それと裏腹の腐敗を痛烈に批判すると同時に、むしろ犠牲者の魂と交信し、記憶を奪還しようと呼びかける。

十三周年追悼の「『六・四』一つの墳墓」で、劉暁波は犠牲者に関する厳重な情報統制と冷淡な無関心を「墓碑のない墳墓」、「忘れられ荒れはてた墳墓」と哀悼する。そして、史実をプロパガンダと経済成長で覆い隠していることを「朝はいつも嘘から始まる／夜はいつも貪欲で終わる……この広場は、完璧に美しく見える／マオタイ酒、レミーマルタンXO／あわびの宴会やら／「三つの代表」が報告する儀式やら／妾やら精液やら赤いネイルカラーやら／偽のたばこやら偽の酒やら偽の卒業証書やら／パトカーやら鉄かぶとやら電気陰茎やらで／リフォームして一新した」と告発する。

過去の流血や強権支配の現実を嘘や偽物で飾りたてつつ、「三つの代表」と称される特権階級が物欲、食欲、性欲、名誉欲を貪り腐臭を発する。だが、劉暁波は、この腐敗せる生者と生きるのではなく、むしろ死した犠牲者の魂と交信し、「血涙をもって雪のように輝く記憶を取り返そう」と呼びかける。

ここに内包された詩想は、一七八九年のフランス革命からギロチンの恐怖政治、ナポレオンの帝政と戦争、王政復古と無数の流血が続き、七月革命が勃発した一九三〇年にエクトル・ベルリオーズが作曲した「幻想交響曲」の楽想に通底すると考える。当然、詩人／作曲家自身の内心も重要だが、十九世紀のフランスと二十一世紀の中国という異なる時間と空間を超えた共通性も注目すべきである。

確かに『六・四』一つの墳墓」と「幻想交響曲」を機械的に対応させることはできないが、それを十分に認識した上で、詩想・楽想、モチーフ、テーマの展開に対照性を洞察することはできる。「幻想交響曲」の第一楽章「夢、情熱」は、天安門民主運動の夢や情熱に照応する。第二楽章「舞踏会」は、広い支持や協力を得て民主化が進展した中で共有された喜びである。第三楽章「野の風景」は、運動のつかの間に得られた広場での安らぎや政府は必ず民主化を受けいれるだろうとの信頼や期待であるが、その中で不安な兆しが忍び寄る。後半で繰り返される二組のティンパニの連打は北京に集結する人民解放軍を連想させる。第四楽章「断頭台への行進」は、まさに戒厳部隊の武力鎮圧、虐殺、事件後の粛清である。そして、第五楽章「魔女の夜宴の夢」は、暴力によって保持した権力は経済成長でますます腐敗し、夜な夜な狂乱の饗宴が繰り広げられるが、しかし、その底には犠牲者の霊魂の泣訴や生きのびても抑圧される者の憤怒があるという魔的《デモーニッシュ》な状況となる。

もちろん、これはあくまでも一つの解釈・鑑賞であり、別の読み方もあるだろう。自由のために闘う劉暁波の詩の読み方は、各人の自由である。私としては、産業革命による経済成長と繰り返される革命という激動の時代を生きたベルリオーズの楽想を通して、劉暁波の詩想をより深く読みとり、味わえるのではないか、と述べたのである。

(二) 劉霞への愛の詩

劉暁波は、沈鬱な空間に甘酸っぱく漂う芳香に切ない熱情を秘めながら、痛々しいまでの旋律に凄味を交叉させて愛を詩う。それは苛酷な現実に対峙しつつ可憐で繊細な愛を貫こうとする者の宿命であり、これを美的に高い次元にまで昇華させたのが、劉霞への愛の詩である。その一つに「まかせる——苦難のただなかの妻へ——」[*11]がある。これはすでに幾度か紹介してきたが、新たな訳をここに提出する。

君はぼくに言った／「すべて、私にまかせて」／君はすっくとひとみを太陽に向ける／目は焼かれ炎となり／炎が海水をすべて塩にするまで／愛しい人よ／暗やみに隔てられたまま君に伝えておきたい／墓に入る前に／骨と灰で手紙を書くのを忘れるなよ／冥土の宛名を書くのを忘れるなよ／骨のかけらで便せんが破れ／きれいな字が一つも書けず／割れて裂けたペン先が君を傷つける／灼熱の眠れぬ夜／君は自分自身に驚く／一つの石ころが天地を引き受けるなんて／その固さでぼくの後頭部はガーンとやられ／その脳みそで作られた白い薬が／ぼくたちの愛を毒殺する／この毒にやられた愛は／ぼくたち自身をも毒殺するのだ

これを読むと、ベルリオーズと同時代のヴィクトル・ユーゴーの『ノートルダム・ド・パリ』の悲劇的な結末を連想させられる。それは、美しいエスメラルダと思われる白骨を、醜いカジモドであろう異様な骨格の白骨が抱いており、二つを引き離そうとすると粉々に砕け散ったという情景である。

私は劉暁波と劉霞が交わす愛の詩は、このように骨と骨まで絡みあい、引き離そうとすると粉々に飛散するほどの愛を詠っていると思う（劉霞の詩は『毒薬』書肆侃侃房）。それは「骨に響き渡る」、

さらには「骨がらみ」とさえ想わせられる愛であり、読む者を心底戦慄せしめる。

その結びに向かう詩句に注目すると、一個人が十数億の国民を支配する政権に対して立ち向かう覚悟が迫ってくる。これは「一つの石ころが天地を引き受ける」に等しい。誰もが当然、怯み、恐れる。また、抵抗を諦め、愛しい伴侶との安楽を求めようとする誘惑もある。

それを振り捨てる強固な覚悟に、劉暁波は「後頭部」を「ガーンとやられる」が、これで終わらない。それからできた薬物で「愛」は「毒殺」され、さらに「毒にやられた愛」で、自分たちも「毒殺」される。「毒」はキーワードの一つで、さまざまな意味が複合している。まことに凄絶で激烈な「愛」であり、これがまた二人の生き方でもある。

また、痛々しいまでに可憐な叙情詩「あんなに小さくあんなに冷たい足の指へ――ぼくの氷のように冷たい小さな足の指に――」もある。


君はとても遠くからやって来た。とてもとても遠くから／ようやく冬の日の鉄の門にたどり着いた／あんなに小さな足で、あんなに遠い道のりを／あんなに冷たい足の指を、あんなに冷たい鉄の門につけて／ただ囚人のぼくに一目会うだけのために／一すじの荒涼とした道が忘却の間で曲がりくねっている／ボロボロの古い帆が灰色の海ではためいている／君はずっしりと重い本と疲れを背負い／黄昏に入り、黎明に出る／ただ足跡を囚人の夢に残して／出かけるときはいつも心を込めて髪を梳く／君の長い髪は誇らしく風に翻る／どんなに吹かれてもまったく乱れない／重苦しい時間が迫り、君の足を止めるが／君は進み続け、長い髪はまったく乱れない／きみは足の指で鉄の門を踏みつけ、壊さねばならない／君は髪の毛で鉄格子を擦り、断ち切らねばならない／君はいかなる信念をも超越する強靱さで／ぼくたちの空白を支えねばならない／流れ去る一分一秒を／君の足跡の中で永遠にしよう

これは、劉霞が凍てつく冬の日に、北京から遠く離れた監獄まで、冷えきった足で面会に来たことを綴った詩である。それは有形無形の圧力をはねのけ、「鉄の門」を突破するような行為である。劉暁波は、この「足」を愛（哀）惜しつつ、「鉄格子」を切断する「髪」をも詠う。ただし、写真で分かるように、劉霞は坊主頭である。日本で髪は女の命というが、これは中国でも同じである。その髪を彼女は切り落とした。それは、夫が不当にも投獄され、坊主頭にされたことを分かちあうためである。当然、劉暁波はこれを知っている。しかし、彼の心の中で劉霞はいかなる風波にもまったく乱れない長い髪の女性である。そして、切り落とされた「長い髪」は「鉄格子」を断ち切るほど強靱になる。これは、先述した「愛」も「自己」も「毒殺」することで、真の「愛」を全うしようということに通じる。

かつて、ロマン・ロランは「ベートーベンの生涯」を「苦悩を突き抜けた歓喜」と概括した。[*12] 十

数億を支配する独裁政権と闘い抜く二人が交わす惨烈な愛の詩は、これに優るとも劣らない。もちろん、これもまた解釈・鑑賞の一例である。

なお、劉霞との愛に関しては、劉暁波自身が「最終陳述」（前掲『劉暁波伝』所収）で簡潔にまとめている。

（三）生きる美学

「独り大海原に向かって」は「海」をモチーフとした散文詩である。愛が命運と絡みあう情念やパトスが形象化し、劉暁波独特の鋭敏で犀利な感性が発露している。そのリリシズムを彩るのは生の憂愁、死への魅了、絶望的なまでに鮮烈な愛である。彼は鋭くかつ細やかに感情の機微を描き出しながら生と死の葛藤、エロスとタナトスのドラマを活写している。

劉暁波は、容赦なく吹きすさぶ海風にさらされながら両足を突っ張り立ちつくす孤独な自分自身を凝視する。詩句を連ねて戦慄的な抒情、痛ましいほどの奮激、切迫した緊張感が閃電のごとく炸裂する。海風の凍てつく寒さは肌を刺し貫き、空虚な鈍痛が絶え間なく骨の髄まで走るかのようである。

その世界は愛、生、死をめぐる苦悶の形而上学的で詩的な思念によって構築されている。主たる構成要素は、実存主義流の生の哲学、キリスト教的な懺悔思想、人間の愛へのオマージュであり、それらが互いに重なり、連なり、過去と現在、それを超えた未来の間で融けあっている。

一九八〇年代、中国では世界文学の新潮流としてサルトルやカミュの実存主義が注目された。劉暁波は自由に生きることは不安、孤独、絶望を免れないという不条理、葛藤、軋轢、苦悩に満ちた存在への問いと正面から向きあった。サルトルの「私は自由であるべく運命づけられている」、「われわれは自由へと呪われている／自由の刑を宣告されている」[*13]は、まさに劉暁波の詩想や行動において引き継がれている。

また、劉暁波は罪深い邪悪な太陽がまた昇るのを待ち受けるが、おのれの卑劣さを思い知らされ、ひとひらの波の花はひとつの懺悔、ひと粒の砂はひとつの祈禱だと詩う。その詩想には、贖罪というキリスト教の根本義の刻印が押されている。すでに天安門事件の前から彼はアウグスティヌスの『告白録』を読み、人間の神に対する罪性や悔い改めの神学を摂取し、「中国人の悲劇」とは神を持たないという悲劇だと論じるほどであった。大連労働教養院の時期ではさらにルターやドストエフスキーなどを熟読した。彼は洗礼を受けることはなかったが、「イエス・キリストはぼくの人格における模範」[*14]と語り、ひたすら先覚者としてのイエスの運命を見つめた。

このような劉暁波に、絶望の淵から引きあげ、生きようという希望を抱かせる生き生きとした女性が現れる。彼女が身にまとう熱情が、彼の心に巣くう恐怖の影を打ち砕く。そして、深い愛に潤むひとみからこぼれる涙で汚れた軀《からだ》が洗われ、透明な輝きの中で、彼は新たな暮らしを始める。そこには平穏な生活への希求があるが、それをキュートだが平凡だと自己を揶揄するまなざしもある。

やはり劉暁波は孤独な芸術精神を以て大海原に向かうのである。そこは至高の美、奥深い愛、生の郷愁、死の誘惑が渦巻くと同時に昇華する灼熱の坩堝でもあり、彼はそれを追い求め、賛嘆する。

終局では「笑い声」が付きまとう。それは迴遐《はる》か遠くから追ってくると同時に、自分自身の内面から噴き出している。劉暁波は不条理で荒唐無稽な世界において笑われていることを自覚しつつ、そのような世界を笑い飛ばす。無限の世界において人間はあくまでその内に存在せざるを得ない（世界―内―存在）。たとえ限界を突破しても、その瞬間にそこも世界となり、人間はやはり「内」に存在することになる。しかし、だから内に安住するのではなく、なおも劉暁波は世界を乗り越えようと死に物狂いに奮闘する。それは魔《デモーニッシュ》的でさえあり、極めて危険だが、敢えて火中の栗をつかむという気概と勇気が詩想に込められている。

むすびにかえて

二〇一四年、九州在住の詩人の田島安江さんから劉暁波の詩集『牢屋の鼠』が届いた。丁寧な手紙が添えられていて、二〇一〇年十一月十七日の「朝日新聞」文化欄に掲載された拙論「戦慄的な抒情と慟哭の詩」の中で紹介した詩句に衝撃を受け、劉暁波の詩集を探し出し、翻訳出版したと述べられていた。私は前々から劉夫妻の詩を日本の読者に知らせたいと願っていたので、望外の喜びであった。

劉暁波の訃報はショックだったが、彼の詩を読み継ごうという思いを田島さんと共有し、翻訳を進めた。ようやく最終段階にたどりつくと、田島さんは拙訳のぶ厚い校正ゲラを抱えて福岡から大阪まで駆けつけ、泊まり込みで濃密な知的作業の時間を過ごした。訳語に悩み、なかなか進まなかったが、劉暁波や劉霞と同じ文学世界を生きていることを再確認できた。二人とも、こんなにも凄絶な詩なんてと、読むたびに涙を流した。

詩は厳密に言えば翻訳不可能である。私たちは詩人として原作をマニュアルに沿って機械的に訳語を当てはめることはせず、作品の全体像や詩想を摑み、それを生き生きとした日本語として表現するように努めた。

自由な言語こそ詩人が存在するための手段であると自覚し、暁波と霞の文学的な宿命に親しく共鳴しつつ、縒られ紡がれながら言葉を彫琢した。

翻訳に際して、劉暁波の追悼詩は、直接メールで送られてきた作品、及びウェブサイト「Eternal Glory to LiuXiaBo! Free LiuXia!」から、「獄中から霞へ」は『劉暁波面面観』(Perth Publishing Co., Perth, 二〇一〇年)から、「独り大海原に向かって」は「傾向(TENDENCY)」一九九四年第二・三合併号)から訳出した。

二〇〇三年、私たち留学生を中心に編集した日中二言語文芸誌「藍・BLUE」が、北京の新興アート・コミュニティ「798」で詩の朗読とパフォーマンスの集い「越境する言語」を開きました。日本からは詩人の吉増剛造氏、倉橋健一氏、今野和代氏、中塚鞠子氏、音谷健郎氏が参加し、日本現代詩の風を中国に吹き込みました。それ以来のご縁で「三田文學」二〇一七年秋季号・特集「主張するアジア」に劉暁波・劉霞の詩を紹介する機会が与えられました。編集長の関根謙氏から適切なアドバイスをいただきました。そのきっかけは、『天安門事件から「〇八憲章」へ』や『「私には敵はいない」の思想』の編集者の西泰志氏の来阪でした。

劉暁波と同窓の王東成氏は「赤子心」誌を提供してくださいました。

みな様のおかげで本書を世に送り出すことができました。心から感謝いたします。

二〇〇七年三月、北京の万聖書園で、劉暁波は私に「自分の考えが日本の人々にどう受けとめられるか聞いてみたい」と語り、その後、次々に詩や評論を送ってきました。彼から託された詩を読み返しながら、彼はどのように生きてきたのか、読者とともに吟味していきたいです。

二〇一七年大晦日　冬の深まりゆくなかで

＊1　劉暁波は獄中で、不自由な生活を強いられた彼女も出国できず、この挨拶は代読。
＊2　「まかせる―苦難のただなかの妻へ―」より。
＊3　テオドール・W・アドルノ／木田元他訳『否定弁証法』作品社、一九九六年、四三八頁参照。
＊4　小論「劉暁波の詩と『生存の美学』」『「私には敵はいない」の思想』藤原書店、二〇一一年参照。
＊5　余傑著、劉燕子編訳『劉暁波伝』集広舎、二〇一八年、第一章より。以下同様
＊6　「狼の乳を飲んで育つ」は、一九七九年五月、北京で開かれた第一回五四運動学術討論会で中央宣伝部長・鄧力群が張志新の悲劇に触れて「同志よ、我々は狼の血を飲んで育ったのだ」と叫んだことに由来。
＊7　日本語版は野澤俊敬訳『現代中国知識人批判』徳間書店、一九九二年。
＊8　二〇〇九年十二月、北京第一中級人民法院での陳述。
＊9　『従六四到零八―劉暁波的人権路―』主流出版、二〇一六年、二八二頁。
＊10　「再一次作新娘―給我的新娘―」『劉暁波劉霞詩選』夏菲爾国際出版、香港、二〇〇〇年、八三頁。
＊11　『劉暁波劉霞詩選』夏菲爾国際出版、香港、二〇〇〇年所収。
＊12　片山敏彦訳『ベートーベンの生涯』岩波文庫、一九三八／六五年。
＊13　松浪信三郎訳『存在と無―現象学的存在論の試み―』第三巻（サルトル全集第二〇巻）人文書院、一九六〇年、二九頁、一二六～一二七頁。伊吹武彦訳『実存主義とは何か―実存主義はヒューマニズムである―』（サルトル全集第一三巻）人文書院、一九五五年、二九頁。
＊14　トマス・ア・ケンピス著、大沢章、呉茂一訳『キリストにならいて』岩波文庫、一九六〇年参照。

劉暁波の遺書

田島 安江

詩集『牢屋の鼠』を出版したのが二〇一四年二月十五日。そのとき、〇八憲章の起草者としての罪に問われ、十一年の刑を言い渡されてから五年が過ぎていた。私は漠然と、彼が出獄できさえすればいつか、出会えるチャンスがあるかもしれないと淡い期待を抱いていた。詩人劉暁波に会ってみたかった。

ところが、昨年（二〇一七）六月二十六日、衝撃的なニュースが飛び込んできた。劉暁波が末期がん治療のため、瀋陽の病院に移されたとのこと、そして、世界中の人々が注視する中、七月十三日、ついに帰らぬ人となった。その知らせを私は暗澹とした思いで受け止めた。

そもそも、私が『牢屋の鼠』を翻訳出版するきっかけになったのは劉燕子さんが紹介してくださった一篇の詩によってであった。それから半年ぐらいかけて見つけたあの、奇跡のような一冊『劉暁波劉霞詩選』がなければ『牢屋の鼠』もなかったわけだ。その後の彼の詩についての情報を持たない私に、二冊目の詩集を編むなど望むべくもなかった。

私に今できることは『牢屋の鼠』と対になるべき劉霞詩集を編むことだと思っていたので、初めて劉燕子さんにお会いしたとき、素直にそう伝えた。ところがそこには思いがけない展開が待っていた。劉燕子さんの提案は、劉暁波と劉霞の二人の愛の詩だけを一冊に編んではどうかというのだった。が、私には躊躇があった。劉暁波と劉霞の詩集、一対となるべき詩集はやはり単独での劉霞詩集であろうと。

その時点で読めた劉暁波の『牢屋の鼠』以降の詩は劉燕子さんからみせてもらった「独り大海原に向かって」だけ。これで一冊の詩集はむずかしい。そこでお願いしたのは、『牢屋の鼠』以降の詩をできるだけたくさん集めてほしいということだった。そうして出てきたのが「天安門事件犠牲者への追悼歌」であり、「それ以降の霞への愛の詩」だった。劉燕子さんはすごいスピードで残りの翻訳を送ってくれた。あの細い体のどこにこれだけのエネルギーが詰まっているのだろう。

すべての詩がそろって、私は夢中で赤字を入れつづけた。劉燕子さんの熱意に応えなければならない。すべてを読み終わったときの高揚感をどう表現したらいいのだろう。これはまさに、劉暁波の遺書に違いないと思った。前詩集でわたしは、「骨がきしむほどの愛の詩に触れることは世界のかなしみに近づくことではないだろうか」と書いた。そして、この第二詩集は、「彼の蒔いた悲しみの切ない種子が世界に広がり、読む人の心を癒やすことではないか」と思う。

劉暁波自身が生前、言論によって罪に問われる最後の一人になることを望んでいたといわれたが、残念ながら、世界はまだ彼の望み通りになっていない。むしろ、世界はもっと暗黒へと近づいているのではないだろうか。彼亡きいま、世界を覆う暗雲はますますその度合いを深めている。まるで太陽の光が遮られ、暗黒の世界が出現する日蝕のように。

詩集のタイトルには少し迷いもあった。だが、全体を通して彼の詩を読んだとき、「独り大海原に向かって」でいいのだと思えた。

私はそんなことを思いながら、あの日、十二月十七日、東京羽田から福岡へ向かっていた。二時間ほど、ひたすら、二人の詩を読み続けていて、ふと窓外をみると眼下に広がるのはふわふわと漂う雲。いつもの癖で写真を撮る。福岡が近づいて、飛行機が少しずつ高度を下げていき、一瞬、雲の切れ間から海が見えた。紺碧の海。ずんずんと高度が下がっていく。まるで大海原に突っ込んでいくかと錯覚するほど。そのとき、海がきらりと光り、波間にさっと日が射した。雲を染めあげ、光の道ができた。あ、これだ。これこそが「独り大海原に向かって」のイメージだと思い、続けてシャッターを切った。暗唱していた彼の詩が、耳の中に響いた。

そして十二月二十二日、大阪の劉燕子さんの家に、出来上がったばかりの表紙カバーデザインをたずさえ、全頁の校正紙をもって出かけた。十人ほどの小さなパーティー。日本語と中国語の飛び交う場で「あの、よかったら、デザイン、見ていただけませんか」とみんなの前に並べた。

劉霞詩集のタイトルは何のためらいもなく『毒薬』と決まっていた。芥子の花か薔薇か、薔薇なら赤か青か。（劉霞詩集『毒薬』の表紙カバー参照）

劉暁波詩集のために用意したのは青い海と空、その向こうに雲といった晴れやかな写真と、空から撮ったあの光の射す写真。すると、光の射す写真を見る人々の目にうっすらと涙が。「暁波の魂が帰ってきた」と、彼らはつぶやいた。

大阪滞在の三日間でほぼ全部の詩の細かい修正作業が終わった。最初に劉燕子さんに話したのは、声に出して読めるぐらいわかりやすく、心に伝わる日本語の詩の言葉にしたい。そのためにはこの訳をもとに日本語の詩として、手を入れてもいいか、と。

「田島さん、原文との突合せは私がやりますから、気にしないで、とにかく思う存分いい日本語にしてください」といわれた私は、遠慮なく、耳に響く音楽を聴くように、詩の言葉を紡いでいった。そして十二月三十一日、劉燕子さんからメールで訳者あとがきが届いた。『牢屋の鼠』で果たせなかった詩人劉暁波の全貌が明らかになっていく。たった一篇の詩に出合ったことから、彼女と出会い、この遺書とも呼べる第二詩集を編むことができた。彼女と私を引き合わせたのは劉暁波その人だったのだと今でははっきりわかる。

ふだん、詩を読むときは、何の先入観もなく、ただ、心で読んでほしいと思っているが、彼の詩集はそうではないかもしれない。このメタファで彩られ、何重にも手かせ足かせのついた詩は、一筋縄ではいかない。彼の思想と深くかかわっているからだ。

今ではもう、何者からも自由になった劉暁波。彼はどこまでも自由だ。彼の言葉のすべてが、世界中の人びとのものなのだ、と強く思った。

劉暁波は、一匹の魚となり、一羽の鳥となって、自由に空を飛び、大海原を泳いでいける。きっと夜ごと、劉霞のもとを訪れているに違いない。もはや誰も、彼らを引き離すことはできないのだから。

二〇一八年一月二日

■訳・編者

劉燕子（リユウ・イエンズ／ Liu YanZi）

作家、現代中国文学者。北京に生まれ、湖南省長沙で育つ。大学で教鞭を執りつつ日中バイリンガルで著述・翻訳。日本語の編著訳書に『黄翔の詩と詩想』（思潮社）、『中国低層訪談録－インタビューどん底の世界－』（集広舎）、『殺劫―チベットの文化大革命』（共訳、集広舎）、『天安門事件から「〇八憲章」へ』（共著、藤原書店）、『「私には敵はいない」の思想』（共著、藤原書店）、『チベットの秘密』（編著訳、集広舎）、『人間の条件 1942』（集広舎）、『劉暁波伝』（集広舎）。論文には「社会暴力の動因と大虐殺の実相」（「思想」2016 年 1 月号―特集・過ぎ去らぬ文化大革命・50 年後の省察―岩波書店）、「劉暁波・劉霞往復書簡―魂が何でできていようとも、彼と私のは同じ」「三田文學」2017 年秋季号など、中国語の著訳書に『這条河、流過誰的前生与后生？』、『没有墓碑的草原』など多数。

田島安江（たじま・やすえ）

1945 年大分県生まれ。福岡市在住。株式会社書肆侃侃房代表取締役。
既刊詩集『金ピカの鍋で雲を煮る』（1985）
『水の家』（1992）
『博多湾に霧の出る日は、』（2002）
『トカゲの人』（2006）
『遠いサバンナ』（2013）
共編訳　劉暁波詩集『牢屋の鼠』（2014）
都鍾煥詩集『満ち潮の時間』（2017）
劉霞詩集『毒薬』（2018）

劉燕子撮影（2007 年 3 月、北京にて）

■著者

劉暁波 （リュウ・シャオボ／ Liu Xiao Bo）

1955 年 12 月 28 日、吉林省長春に生まれる。文芸評論家、詩人、文学博士（北京師範大学大学院）。1986 年、「新時期十年文学討論会」において「新時期文学は危機に瀕している」と歯に衣を着せぬ発言で論壇に注目される。
1989 年 3 月から 5 月、米国にコロンビア大学客員研究員として滞在するが、天安門民主化運動に呼応し、自らも実践すべく予定をきりあげ急遽帰国。
1989 年 6 月 2 日、仲間 3 人と「ハンスト宣言」を発表。4 日未明、天安門広場で戒厳部隊との交渉や学生たちの無血撤退に貢献し、犠牲を最小限に止める。
6 月 6 日に反革命宣伝煽動罪で逮捕・拘禁（1991 年 1 月まで）、公職を追われる。釈放後、文筆活動を再開。
1995 年 5 月～ 1996 年 1 月、民主化運動、反腐敗提言、天安門事件の真相究明や犠牲者たちの名誉回復を訴えたため北京郊外で事実上の拘禁。1996 年 9 月から 1999 年 10 月、社会秩序攪乱により労働教養（強制労働）に処せられる。劉霞と獄中結婚。
2008 年 12 月 8 日、「〇八憲章」の中心的起草者、及びインターネットで発表した言論のため逮捕・拘禁。2010 年 2 月、国家政権転覆煽動罪により懲役 11 年、政治権利剝奪 2 年の判決確定。
2010 年 10 月、獄中でノーベル平和賞受賞。
2017 年 7 月 13 日、瀋陽の病院で多臓器不全のため死去（一説では事実上の獄死）。
中国語の著書多数。日本語版は『現代中国知識人批判』、『天安門事件から「〇八憲章」へ』、『「私には敵はいない」の思想』、『最後の審判を生き延びて』、『劉暁波と中国民主化のゆくえ』、詩集『牢屋の鼠』。その他劉暁波の評伝に『劉暁波伝』がある。

詩集　**独り大海原に向かって**

2018年3月2日　第1刷発行

著　　者　劉暁波
訳・編者　劉燕子・田島安江
発 行 者　田島安江
発 行 所　株式会社 書肆侃侃房（しょしかんかんぼう）
〒810-0041
福岡市中央区大名2-8-18-501
TEL 092-735-2802　FAX 092-735-2792
http://www.kankanbou.com
info@kankanbou.com
カバー写真　田島安江
装　幀　江副哲哉（あおいろデザイン）
DTP　黒木留実
印刷・製本　株式会社西日本新聞印刷

ISBN978-4-86385-296-9 C0098